멸망한 지구를 주웠다

SPECTACLE FANTASY STORY
고랭지 판타지 장편소설

멸망한 지구를 주웠다 제5권

초판 1쇄 인쇄일 | 2024년 01월 24일
초판 1쇄 발행일 | 2024년 01월 31일

지은이 | 고랭지
발행인 | 조승진

편집기획팀 | 이기일, 이종혁, 김정환, 노상균
출판제작팀 | 이상민

펴낸곳 | 영상출판미디어(주)
주소 | (07551) 서울, 강서구 양천로 570, NH서울축산농협 NH서울타워 19층(등촌동)
전화 | 02-2013-5665(代) | **FAX** 032-3479-9872
등록번호 | 제 2002-000003호
홈페이지 | www.ysnt.co.kr
E-mail | ysnt2000@hanmail.net

ⓒ 2024, 고랭지

이 책은 영상출판미디어(주)가 작가와의 계약에 따라 발행한 것이므로
본사의 서면 동의 없이는 어떠한 방법으로도 이용할 수 없습니다.

ISBN 979-11-380-4236-9
ISBN 979-11-380-3682-5 (세트)

※잘못된 책은 본사나 구입처에서 교환하여 드립니다.
※저자와의 합의하에 인지를 붙이지 않습니다.

※ 본 작품은 픽션입니다.
본 작품에 등장하는 인물, 단체, 지명, 국명, 사건 등은 실존과는 일절 관계가 없습니다.

멸망한 지구를 주웠다

제1장 우연 아닌 필연　　　009
제2장 박 노인　　　047
제3장 해후　　　083
제4장 탈곡기　　　097
제5장 국왕의 제안　　　111
제6장 충격과 공포　　　137
제7장 마차 열풍　　　187
제8장 태극 연합　　　223
제9장 유진 산업　　　261
제10장 준비　　　289

농공 단지를 나온 제론은 자전거에 올랐다.
유진 산업까지는 대략 1시간 30분 정도 소요된다.
거리가 꽤 있었지만 바쁜 것도 아니었으므로 주변의 소리에 신경 쓰며 천천히 움직였다.
서산 농공 단지에서 5분 거리에 서산 중앙 병원이 위치한다.
병원에서 자동차 전용 도로로 쭉 이동하면 서산 시내로 들어갈 수 있다.
병원 앞을 지나던 제론은 잠시 멈춰 섰다.
"어째, 조용한데?"
멀리서 봤을 때도 병원에선 그 어떤 움직임도 없었다.
제론은 그 자체에 의아함을 느꼈다.

망해 버린 지구에서 1순위로 필요한 것은 식량과 물이었지만, 의약품도 배제하지 못한다.

오래 살아남은 생존자들은 의약품이 얼마나 중요한지 잘 알고 있었다.

지금은 의약품을 생산하는 회사가 있는 것도 아니었기에 생존자들은 틈만 나면 약국이나 병원을 털었던 것이다.

그 대상이 종합 병원이라면?

약국 수준에서 해결되지 않는 고가의 약품들을 구할 수 있었다.

질병에 취약한 세상이었기에 생존자들이 꼭 한 번은 들르게 되는 코스였고, 그만큼 변이체의 위험도 높았다.

이런 파밍의 성지가 유난히도 조용하다면 의심을 해 봐야 했다.

"약탈자들이 총을 쏴 대며 서산을 헤집었으니 그 소리를 따라 이동한 건가?"

합리적인 의심이다.

그렇다면 병원은 비어 있을 가능성이 높다는 의미였는데.

제론은 안으로 들어가고 싶은 마음에 잠시 멈추었지만 자전거에 올랐다.

유진 산업처럼 물류 회사라면 모르겠지만, 병원 안은 너무 위험했다.

고요해 보여도 생존자의 쉘터일 수도 있고, 그런 경우에는 총에 맞을 가능성도 배제할 수 없었다.

그러니 병원을 털기 위해서는 좀 더 신중할 필요가 있었다.

언젠가는 병원을 털게 되는 날이 오게 될지도 모르겠지만 그게 지금은 아니었다.

"마력이 더욱 늘어나게 된다면 기사단이라도 이끌고 와야겠지."

변이체를 상대하기 위해서는 최소한 기사단급의 전력이 필요했다.

입맛을 다신 제론은 병원 앞 인터체인지에서 서산 방향으로 방향을 틀었다.

여전히 도로의 상태는 좋지 못했다.

오랫동안 관리가 되지 않아 아스팔트가 깨진 것은 물론이고 방치된 차량들이 즐비했다.

다소 따듯하게 느껴지는 기온.

아스팔트의 깨진 틈에서는 새싹이 올라오고 있는 중이다.

충만하게 마력이 흘러 들어왔다. 느낌 탓인지는 몰라도 봄이 되니 겨울보다 마나가 더 활성화된 것 같았다.

제론은 숨을 쉬면서 체내로 마력을 순환시켰다. 이 때문에 잠을 자지 못해 발생하는 부작용은 전혀 느껴지지 않았다.

을씨년스러운 광경도 이제 적응이 되어 평화롭게 느껴지기까지 했다.

뭔가 터지는 소리가 울려 퍼지기 전까지는.

콰아아앙!

깜짝 놀란 제론은 본능적으로 몸을 움츠렸다.

"이런 미친 인간들! 또 시작인가?"

잠시 갓길에 자전거를 세우고 여차하면 몸을 숨길 준비를 했다.

이번에는 비교적 가까운 곳에서 폭발음이 울려 퍼졌다.

변이체들은 소리에 민감하였으므로 이 근처에서 활동하던 놈들이 있다면 폭발이 일어난 방향으로 몰려갈 수도 있었다.

주변을 살피길 한참.

-끼에에엑!

소름 끼치는 괴성이 이쪽을 향해 몰려왔다.

소리를 들어 보니 한둘이 아니었다.

제론은 급하게 반쯤 주저앉은 버스 아래로 몸을 숨겼다. 그리고 혹시나 모를 사태에 대비하여 차원의 문을 열 준비까지 마쳤다.

한번 차원의 문을 열 때마다 대량의 마나가 소모되었기에 최대한 지양하려 하였는데, 이런 상황이라면 어쩔 도리가 없었다.

쿵! 쿵! 쿵!

땅이 미약하게 울리며 도로를 변이체가 점령하기 시작했다.

가볍고 빠른 변이체들이 이런 소리를 낼 리는 없었고, 중간중간에 근육 돼지 진화체가 섞여 있었다.

제론은 도로 쪽으로 시선을 고정했다.

수도 없이 움직이는 발자국은 족히 스물 마리가 넘어 보였다.

제론이 카렌 대륙으로 넘어가 있는 동안에도 약탈자들이 놈들을 시내 외곽으로 빼내려 노력한 것 같았다.

순식간에 지나가는 변이체들.

콰과과광!

다시 한번 폭발음이 들리자 변이체들이 맹렬하게 방향을 꺾었다.

"……."

순식간에 뭔가가 지나간 느낌이 들었다.

제론은 버스 아래에서 빠져나와 어디에서 소리가 나는 것인지를 가늠했다.

"시내와 가까운 곳인 것 같은데."

절로 인상이 찌푸려졌다.

이렇게 되면 제론도 진행 방향을 약간 수정할 수밖에 없었다.

변이체들의 이동 경로를 정확하게 파악하는 것은 필수였으니까.

이 빌어먹을 세상은 조금의 방심도 허용되지 않는다.

제론이라고 해도 진화체 몇 명에 둘러싸이면 순식간에 비명횡사를 당할 수도 있었으므로 조심할 필요가 있었다.

한숨을 내쉰 제론은 근처에 산이 있는지 살폈다.

시내로 바로 향하는 것보다는 정찰부터 하는 것이 안전했다.

마침 가까운 곳에 야산이 보였다.

제론은 전용 도로를 벗어나 등산을 시작했다.

타다다당!

콰과광!

산을 올라가는 도중에도 굉음이 울려 퍼졌다.

이만하면 단순한 사고가 아니라 누군가가 전투를 벌이는 것이라고 생각됐다.

인간들의 전쟁이라고 할까?

생존자들도 이제는 변이체에게 화약 무기가 크게 쓸모가 없다는 사실을 알았을 것이다. 총알 정도는 실드에 튕겨져 나갈 테니까.

인간들의 전쟁은 세상이 망한 이후에도 멈추지 않았다.

생존자 무리와 약탈자 무리가 싸우는 것은 흔했고, 단체를 이룬 자들이 부딪치면 반드시 사달이 났다.

시간이 많이 흘러 전쟁을 벌일 수 있는 사람들은 사라졌다고 생각했는데, 그것도 아닌 모양이었다.

제론이 오르는 곳은 동네 야산으로 나름 등산로가 조성되어 있었다.

오랜 시간 관리가 되지 않아 잡초가 무성하였지만 돌로 만들어져 있는 계단까지는 잡초가 침범하지 못했다.

빠르게 주변의 광경이 휙휙 스쳐 갔다.

2서클에 오르면서 제론의 체력은 말도 안 될 정도로 발전하여 등산로 정도는 가볍게 주파할 정도였다.

배낭도 그리 무겁게 느껴지지 않는 것을 보니 신체 전반적으로 변화가 일어난 듯했다.

잠시 후 제론은 산 중턱에 도착할 수 있었다.

너른 공터.

여러 운동 기구들이 흉물스럽게 방치되어 있었으며, 망가져서 부서진 자판기도 눈에 들어왔다.

이 정도는 어디서나 볼 수 있는 광경이다.

제론은 전망대에서 바로 망원경을 들어 올렸다.

타다다당!

위치를 찾는 것은 그리 어렵지 않았다.

여전히 총소리가 울려 퍼지고 있었으니까.

대략 200미터 앞.

실로 어마어마한 광경이 펼쳐졌다.

산속에 지어진 쉘터가 단 두 명에게 공격받고 있었다.

규모가 제법 있는 쉘터였지만 줄줄이 사람이 죽어 나가고 있는 것이다.

'약탈자들의 거주지인가?'

아직 사태가 정확하게 파악되지는 않았다.

공격자는?

제법 빠른 두 남자.

그들은 여기저기에 폭탄을 설치하며 돌아다녔고, 산비탈 아래에서는 무인으로 조종되는 기관총이 불을 뿜었다.

공격자는 평범해 보이는 생존자들이었다.

한 명은 환갑이 넘은 노인이었고, 또 한 명은 40대 중반의 장년 남자였다.

단 두 명이 생존지를 박살 내고 있는 광경.

그들은 현대화기를 다루는데 특화되어 있었으며 그 움직임이 예사롭지 않았다.

가뜩이나 살아남은 사람도 적은데 저들은 무슨 원한으로 생존지를 초토화시키고 있는 걸까?

폭발음이 사정없이 울려 퍼지자 변이체들이 결국 생존지를 찢어발기기 시작했다.

콰과광!

건물들도 하나씩 무너졌다.

몇 개의 건물이 날아갔을까.

누가 나쁜 놈인지 아직 판단이 서지 않고 있을 때, 한 건물의 벽체가 허물어졌다.

그리고 드러난 충격적인 광경.

"이런 미친!"

제론은 간만에 보는 끔직한 광경에 분노가 끓어올랐다.

사실 그는 이 싸움에 관여할 생각이 없었다. 여기까지 올라온 것은 단순히 정찰이었을 뿐이다.

이 시대에는 누가 선인인지, 악인인지 구분이 모호하기도 했고, 괜히 간섭했다가 원한을 만들 수도 있었기 때문이다.

타인들의 갈등에 함부로 개입하지 않는 것은 지구 생존자들의 불문율.

하지만 인육을 탐하는 인간들이라면 그냥 넘어갈 수가 없다.

개입하지 않는 갈등에도 선이라는 것이 있었다.

제론은 이제야 노인과 장년 남자의 행동을 이해했다.

왜 저렇게 날뛰면서 생존지를 파괴하고 있는지 말이다.

"나 같아도 다 쏴 죽였지."

뜯겨 나간 건물에는 사람이 고기처럼 걸려 있었다.

팔다리가 이리저리 널려 있는 것은 물론이고 사람이 거꾸로 매달려 있기도 했다.

정육점을 방불케 하는 광경이 아닌가.

한쪽에는 동물을 가두듯 사람들을 산 채로 감옥에 넣어 두었으니 더욱 분노가 끓어올랐다.

철컥.

제론은 바로 저격총을 거치하며, 총구에는 소음기를 달았다.

돕는 것도 좋았지만 목숨까지 걸어서는 안 되는 것이다.

제론은 노인과 장년의 움직임을 쫓으며 어떤 식으로 도움을 주어야 할지 생각했다.

위험 요소는 도처에 깔려 있었다.

변이체들이 난입하며 약탈자들을 찢어 죽이는 상황이었고, 그 혼전 속에서 노인과 장년은 감옥으로 전진하고 있었다.

그러자 제론은 어떻게 된 일인지 대충 감이 왔다.

사랑하는 사람이 납치되었다면 저렇게 복수심을 가지고 행동하는 것이 충분히 납득되었던 것이다.

법과 제도가 살아 있는 세상에서라면 피의 복수를 행하는 것이 옳지 않은 일이라 하겠지만, 이곳은 멸망한 세계였다.

재활용이 불가능한 쓰레기들은 다 죽여 버리는 편이 나았다.

퉁!

제론은 노인과 장년이 위험에 처하려 할 때마다 한 발씩 저격했다.

그중에서는 변이체들도 있었다.

총으로 변이체를 죽이기는 힘들었지만, 약간의 도움을 주는 정도는 얼마든지 가능했다.

변이체의 신경을 분산시켜 노인과 장년의 움직임을 돕는 것이다.

저들의 위험천만한 곡예에 땀이 다 났다.

노인과 장년 남자는 이리저리 움직이며 아슬아슬하게 변이체의 손아귀에서 벗어났다.

무너진 잔해와 건물을 활용하며, 특수 부대 이상의 움직임을 보이고 있는 것이다.

하긴, 지금까지 살아남은 사람들이라면 평범할 리가 없었다.

강씨 부녀도 심상치 않은 움직임을 보여 주고는 했었지만 노인과 장년 남자에 비할 바는 아니었다.

마침내 노인과 장년은 인육 보관소에 도착하였다.

그때, 누군가가 그들의 뒤에서 총을 겨누었다.

퉁! 퉁!

제론은 망설이지 않고 총구를 당겼다.

그들에게 총을 겨눈 자들은 머리통이 날아가며 꺼꾸러졌다.

노인과 제론의 눈이 마주쳤다.

워낙에 먼 곳이라서 노인이 제론을 볼 수는 없었지만, 살짝 목례를 했다. 그 역시 누군가가 자신들을 지켜 주고 있다는 사실을 깨달은 것이다.

노인과 장년은 감옥이 있는 방향으로 사라졌다.

제론은 심상치 않은 노인의 움직임을 보며 강씨의 말을 기억해 냈다.

[노인은 키가 160cm 될까 말까 한 분이지만, 움직임은 특수 부대를 능가할 정도였다네. 이를테면 생존 전문가라고 해야 할까?]

"설마 저 사람이 강씨가 말한 노인은 아니겠지?"

굉음과 함께 총탄이 빗발쳤다.

사방에 널려 있는 시신들에서는 피가 흥건하게 흘러나오고, 변이체들이 돌아다니며 약탈자들을 찢어발기고 있었다.

박 노인의 눈앞에 목적지가 보였다.

쾅!

건물에 폭탄을 투척하자 한쪽 벽이 무너지며 내부가 훤하게 드러났다.

그리고 드러나는 참상.

"이런 찢어 죽일 놈들!"

박 노인의 입에서 분노에 찬 일갈이 터져 나왔다.

건물 내부에는 정육점처럼 인간의 사체들이 걸려 있었다.

태양광 시설로 인하여 공기가 상당히 차가웠는데, 냉기가 밖으로 흘러나오며 하얀 연기를 만들어 냈다.

박 노인의 눈동자에 핏발이 섰다.

"어르신! 시간이 없습니다!"

박 노인이 윤씨의 재촉에 정신을 차렸다.

그들은 각자의 목적이 있어 이런 무식한 짓을 벌였다.

둘만의 힘으로는 공략이 불가능하였기에 변이체를 끌어들인다는 위험천만한 계획을 세운 것이다.

이 약탈자 놈들은 지난 일주일 동안 시내를 돌아다니는 변이체들을 도시 밖으로 빼내기 위해 노력했었다.

그 노력은 나름대로 성과가 나타나 도시 내의 변이체는 확연하게 줄어든 상태다.

그 반대급부로 이런 소음을 발생시키면 도시 외곽을 돌아다니던 변이체들이 이쪽으로 몰려든다는 계산이었다.

어차피 잡혀간 사람들은 약탈자들에게 인육으로 먹힐 것이니, 난리를 피워서라도 기회를 만들어 주자는 것이다.

그 틈에 박 노인과 윤씨는 각자 사랑하는 사람을 구해 내자는 것이 계획의 골자였다.

　오늘을 위해 꽤 오랜 시간 준비했고, 준비를 마친 후 망설임 없이 실행했다.

　마침내 박 노인은 손녀가 갇혀 있을 것으로 짐작되는 창고 앞까지 왔다.

　철컥.

　하지만.

　그들의 뒤에서 누런 이를 드러낸 약탈자 한 놈이 총구를 겨누었다.

　"흐, 우리만 죽을 줄 알았냐? 같이 죽어야지?"

　약에 취해 제정신이 아닌 놈이었다.

　약탈자들은 대부분 제정신으로 살아가지 않았다.

　상황이 이따위가 되었음에도 절망한 표정이 아닌 것을 보니 본드를 치사량 직전까지 마신 것 같았다.

　박 노인과 윤씨의 눈동자에 절망이 어렸다.

　퍼억!

　작전이 실패라고 생각하는 순간에 놈의 머리가 터져 나갔다.

　피와 육편이 사방으로 튀었다.

　박 노인과 윤씨는 그런 상황을 이해할 수 없었다.

　"도대체 이게……?"

　같은 약탈자가 쏜 것은 아니었다.

박 노인의 시선이 총알이 날아온 방향으로 추정되는 산 중턱을 향했다.

그곳에서 스코프가 반짝였다.

누군지는 모르겠지만 위기의 상황에서 박 노인과 윤씨를 구해 준 것이다.

박 노인은 잠시 그쪽을 향해 목례를 하고 나아갔다.

건물 안은 싸늘했다.

생존자의 시신들이 고기처럼 걸려 있었으며, 한쪽에서는 그걸 썰어 처리한 흔적들이 있었다.

악취가 진동하는 플라스틱 통 안에는 내장들이 쌓여 있었으며, 눈을 부릅뜬 채로 잘려 나간 머리가 즐비하였다.

실로 지옥에서나 볼 수 있는 살풍경이었다.

감옥은 총 두 개였다.

이 추운 냉장고 같은 시설에 사람들이 산 채로 집어넣고 방치한 것이다.

박 노인과 윤씨의 목소리가 메아리쳤다.

"지은이 있느냐?"

"여보!"

그들은 각자 사랑하는 사람을 찾아 방황했다.

그러면서도 감옥의 문을 열어 주는 걸 잊지 않았다.

각 감옥에 열 명씩 수감되어 있었으며, 그중에 반은 이미 동사했다.

"가, 감사합니다!"

개중 몇몇은 감옥을 탈출하여 달렸다.

운이 좋다면 변이체와 약탈자를 피해 도망칠 수 있을 것이다.

"할아버지!"

두 번째 감옥에서 10대 후반으로 보이는 소녀가 소리쳤다.

박 노인의 얼굴에 화색이 돌았다.

타앙!

그는 총으로 감옥의 자물쇠를 박살 냈다.

감옥 구석에서 덜덜 떨고 있는 손녀의 얼굴이 보였다.

노약자들은 이미 유명을 달리하였고, 그나마 신체 건강한 남녀 몇 명이 살아남아 있었다. 움직일 수 있는 사람들은 감옥의 문이 열리자마자 달려 나갔다.

박 노인은 외투를 벗어 손녀에게 입혔다.

"내 새끼, 고생 많았다."

"할아버지…… 저는……."

"말을 아끼려무나. 지금부터 이 할애비와 함께 나갈 것이야."

손녀는 조용히 고개를 끄덕였다.

이 순간에도 사방에서 총탄이 빗발쳤다.

타다다당!

"끄아아악!"

"아아악!"

창고 밖은 아비규환이었다.

안타까운 일이지만 여기부터는 각자도생이었다.

이런 지옥에서 감옥의 문을 열어 준 것만 해도 박 노인은 많은 자비를 베풀어 준 것이다. 사람들을 안전하게 탈출할 수 있도록 도울 의무까지는 없었다.

박 노인이 첫 번째 감옥을 지나쳤다.

그곳에는 윤씨가 젊은 여자의 시체를 안은 채 오열하고 있었다.

"여보! 눈을 떠 봐! 여보!"

"이보게! 자네 내자는 이미 유명을 달리하였네. 안타깝지만 지금 나가야 하네!"

"크으윽! 저는…… 괜찮습니다. 지금까지 감사했습니다."

윤씨는 이미 자신의 운명을 결정한 것 같았다.

우연한 만남이었으나 같은 목표를 가지고 움직였던 인연이다.

이 빌어먹을 세상에서 몇 남지 않은 정상인이었고.

이대로 윤씨를 잃는 것은 안타까운 일이었으나, 박 노인은 지금 홀몸이 아니었다.

오랜 시간 냉장고에 방치되어 잘 움직이지도 못하는 손

녀를 데리고 탈출해야 했기에, 윤씨까지 구출해 줄 여력이 없었다.

박 노인은 빠르게 판단을 내렸다.

"지금까지 함께해 주어 고마웠네."

"다음 세상이 있으면 뵙도록 하겠습니다."

핑! 핑!

윤씨는 수류탄의 핀을 뽑고는 비장한 표정을 지었다. 이 세상을 떠날 준비가 된 것이다.

박 노인은 지금껏 절망에 빠진 사람을 수도 없이 보아 왔다.

이 빌어먹을 세상에서 살아갈 원동력을 얻기 위해서는 반드시 버팀목이 필요했다.

박 노인 역시 손녀의 시신을 발견하였다면, 윤씨와 같은 선택을 하였을 것이다.

사랑하는 사람을 모두 잃고 아무렇지도 않게 살아갈 수 있는 인간은 그리 많지 않다.

박 노인은 윤씨와 작별하고 뒷문으로 달렸다.

정면은 윤씨가 잠시라도 막아 줄 터였다.

절망 어린 목소리가 사방으로 메아리쳤다.

타다다당!

"으아아! 뒈져, 이 새끼들아!"

소총이 빠르게 연사되는 소리가 들렸다.

박 노인과 손녀가 뒷문으로 빠져나오자 창고 쪽에서 큰 폭발이 일어났다.

콰과과광!

저 질긴 변이체들은 화약 무기가 잘 통하지 않았지만 수류탄이 터지면 어느 정도 전진을 막아 주는 효과는 있을 것이다.

박 노인은 이미 정해 둔 루트를 향해 달렸다.

지금 이 순간, 아비규환이 되어 버린 약탈자의 쉘터에는 관심을 두지 않았다.

오직 생존에만 집중해야 하는 것이다.

산속으로 접어든 박 노인과 손녀는 커다란 나무에 몸을 숨기고 간신히 숨을 몰아쉬었다.

"끼에에엑!"

그러나 문제가 생겼다.

그들의 뒤로 변이체들이 달라붙은 것이다.

'이제 끝인가?'

박 노인의 체력은 젊은이 못지않았지만 여기까지 오는 동안 체력 소모가 컸던 것이 문제였다.

손녀는?

오랜 시간 저온에 노출되어 제대로 움직일 수 없는 상태였다.

손에 쥔 것이라고는 권총 한 자루가 전부.

박 노인은 결심을 굳혔다.

변이체에게 먹히는 것보다는 차라리 여기서 자결하는 것이 나을 것이다.

"아가, 미안하구나."

"저는…… 괜찮아요. 할아버지를 다시 만났잖아요. 이제 죽어도 여한이 없어요."

"허허허."

박 노인은 안타까운 침음을 삼켰다.

그는 몇 년 동안 손녀를 찾아다녔다.

지금껏 박 노인은 많은 사람을 잃어 왔으나 오늘 만큼 가슴이 아렸던 적이 없었다.

마지막 남은 삶의 희망도 여기서 끊어질 것이다.

철컥.

박 노인은 먼저 손녀를 보내려 하였다.

자신은 변이체에 찢어 먹혀도 상관없었지만, 손녀에게 만큼은 그런 고통을 안겨 주고 싶지 않았다.

방아쇠를 당기려는 그때.

후우웅!

빛의 파장이라고밖에 설명할 길이 없는 화살이 날아와 변이체 두 마리에게 적중했다.

콰과과광!

"끼에에엑!"

변이체들의 몸에서 검은 체액이 튀었다.

놈들의 움직임이 현저하게 느려졌다.

박 노인은 화살이 날아온 방향을 보았다.

그곳에 웬 외국인 소년이 무장을 한 채로 신비한 힘을 흘리고 있었다.

소년을 휘감고 있는 푸른빛.

'설마, 그 힘인가?'

변이체들도 푸른빛을 사용하고 나서 강력해졌다.

그런 힘을 인간이 다루고 있다고?

빛의 화살이 다시 날아갔고, 이번에는 변이체들의 머리에 틀어박혔다.

퍽! 퍽!

"끼에에엑!"

튕겨 나가는 놈들.

즉사를 했는지는 모르겠지만 최소한 시간을 번 것만큼은 확실했다.

"어르신! 이쪽으로!"

유창한 한국어가 박 노인의 귀에 들렸다.

그는 손녀를 들쳐 업고 마지막 힘을 쥐어짰다.

"끼에에엑!"

역시나.

소란이 일어나자 이쪽으로 더 많은 변이체들이 올라오고

있었다.
 박 노인은 마침내 외국인 소년과 마주했다.
 특이한 차림이었다.
 중세 시대 기사들이나 입을 법한 갑옷으로 무장했으나, 아웃도어 배낭을 등에 메고 있었으며 어깨에는 저격총도 걸려 있었다.
 허리춤에 달린 검과 배낭에 매달린 석궁까지, 결코 평범해 보이지는 않았다.
 소년은 박 노인과 손녀를 아름드리나무 뒤로 안내했다.
 그러자 박 노인은 눈이 튀어나올 정도로 놀랐다.
 소년이 요술을 부린 것인지 다른 지역과 연결되어 있는 통로가 튀어나왔던 것이다.
 "가시죠."
 "아니, 이것은……."
 "어차피 여기 있으면 죽습니다. 기왕 어르신을 구했는데 제가 이상한 곳으로 안내하겠습니까?"
 박 노인은 고개를 끄덕였다.
 지금껏 박 노인을 도와준 소년이었다.
 조손이 잘못되기를 바랐다면 이런 번거로운 일을 할 이유가 없었다.
 소년은 범상치 않은 내력을 가진 사람이었으며, 천운이 따랐기에 그 도움을 받을 수 있었다.

노인과 손녀는 소년의 손을 잡고 그 문을 넘었다.
쿠렁!
마치 수면을 통과하는 느낌과 함께 그들은 전혀 다른 곳에 도착했다.
소년이 황급하게 그 문을 닫았다.
"……."
안전한 곳으로 보이는 방.
어안이 벙벙하다는 표현은 이런 상황에서 탄생했을 것이다.
아직 상황이 인지조차 되지 않고 있을 때, 소년이 뒤를 돌아보며 웃었다.
"어디 다치신 곳은 없습니까?"

이곳은 레비온 본성 영주의 방이다.
조손(祖孫)은 매우 놀라서 어떤 말도 하지 못하고 있었다.
제론 역시 그들의 마음을 십분 이해하였기에 가만히 의자에 앉아서 기다렸다.
아까는 정말 급박한 상황이었다.
감옥에서 탈출했던 사람들이 시간을 벌어 주지 않았다면 조손은 무사히 탈출하지 못했을 것이다.
또한 장년 남자가 스스로를 희생하지 않았다면, 이 역시도 버티지 못했을 가능성이 높았다.

그들이 탈출할 수 있었던 것은 여러 가지 요인이 복잡하게 얽힌 결과였다.

'정말로 이 노인이 강씨가 말했던 사람일까?'

제론의 머릿속으로는 그 생각이 가시지 않았다.

강씨는 죽음의 순간에 만나 인연을 맺은 노인 덕분에 여기까지 올 수 있었다고 이야기했다.

덕분에 진보된 기술력까지 갖추게 됐으니 그 내력이 심상치 않아 보였다.

제론이 본 오늘의 노인도 움직임이 예사롭지 않았다.

특수 부대 저리 가라 할 정도로 전문적이었으며, 전투 당시에 사용되었던 여러 가지 무기들도 범상치가 않았다.

스스로 움직이는 기관총이라니?

현재의 강씨도 만들 수가 없는 경지였다.

얼마나 시간이 흘렀을까.

노인은 잠시 상황을 정리하더니 침착한 목소리로 말했다.

"정말 고맙네. 이런 세상에서 누군가를 돕는다는 것이 쉽지 않았을 텐데."

"예전에는 당연한 일이었습니다."

"허허, 자네가 예전의 일을 알고 있나?"

"지금 바로 설명 드리기는 어렵지만 충분히 알고 있지요."

"아까는 정말 놀랐다네. 그 신비한 힘을 다루는 능력이나, 아예 다른 장소로 이동을 한 것도 말이야."
"어르신, 여긴 지구의 어딘가가 아닙니다."
"지구……가 아니라고?"
"예, 지구와는 다른 세상. 즉, 차원을 넘어오신 겁니다."
"……믿기 어려운 이야기군."
"멀리 갈 필요도 없습니다. 창밖을 보시죠."
노인은 자리에서 일어나 테라스로 향했다.
아직 어둠에 잠겨 있는 영지였으나 밝은 달이 도시를 비추고 있었다.
상당히 발달한 도시였으며, 높은 성벽 위에서는 철저하게 경계 병력이 깔려 있었다.
무엇보다 놀라운 건 바로 세 개의 달이 떠 있는 것.
이곳이 지구가 아니라는 확실한 증거였다.
놀라고 있는 노인에게 제론이 다가갔다.
"어르신, 혹시 강씨라고 아십니까? 대장간을 운영했었고, 딸을 찾으러 돌아다니다가 어르신께서 구해 주셨다고 들었습니다."
"가…… 강씨!? 음양면 대장간 강씨를 말하는 건가?"

노인의 눈동자가 사정없이 흔들렸다.
지금 일어나고 있는 모든 일들이 꿈처럼 느껴질 거라는

사실 정도는 제론도 짐작하고 있었다.

갑자기 이계로 넘어온 것도 놀라운 일이었는데, 제론의 입에서 대장간 강씨가 튀어나왔으니까.

"자네…… 도대체 정체가 뭔가?"

"두려워하실 필요는 없습니다. 저는 이상한 사람이 아닙니다."

"두렵다는 것이 아닐세. 은인을 두려워하는 멍청이도 있다던가. 그저 사실을 받아들이기가 힘들어서 그러네."

"저도 지구에서 나고 자란 세대입니다. 현 지구의 시간으로부터 약 5년 전에 죽었고, 이곳에서 환생했지요. 제가 이곳에서 태어난 지는 18년이 흘렀습니다."

"허어, 이 무슨 동화 같은 이야기인가."

노인은 더욱 믿을 수가 없다는 표정이었으나, 지금 일어나고 있는 일을 본다면 제론의 말이 사실이라는 것을 알 수 있을 것이다.

차원을 넘나드는 능력과 능숙한 한국어까지.

한참을 생각하던 노인은 결론을 내렸다.

"믿을 수밖에 없겠군."

제론은 바닥에 쓰러져 기절해 있는 소녀를 침대에 눕혔다. 소녀는 제론과 비슷한 나이로 보이지만 굉장히 말라 있었다.

지구에서 살아가는 누구라도 이렇지 않을까 싶었다.

다들 만성적인 영양실조 정도는 기본으로 달고 있었으니까.

제론은 다시 노인과 대화를 시도했다.

"제 신분은 강씨가 검증을 해 줄 겁니다."

"믿네. 믿을 수밖에 없지. 지구에 살아남은 자들은 죄다 정신병 하나는 달고 있지만, 이 늙은이는 살아온 세월 때문인지 정신이 쉬이 무너지지 않더군."

최소한 의심병은 없다는 뜻이었다.

정상인이라면 원래 이렇게 반응해야 한다.

이계로 넘어와서도 끝까지 의심했던 강유정과 강씨가 비정상이었던 것이다.

"이해를 하신다니 참으로 다행스러운 일이군요."

"다시 한번 고맙다는 말을 하고 싶네. 자네 덕분에 새로운 기회를 얻게 되었어."

"원하신다면 여기서 사셔도 좋습니다. 약간의 도움을 주신다면 의식주를 해결해 드리겠습니다."

"의식주까지⋯⋯. 이 방을 보면 바깥의 풍경치고는 굉장히 호화스러워 보이네. 자네는 이곳에서 어떤 지위를 가지고 있나?"

"여긴 중세 수준의 이계이며 봉건제 사회입니다. 저는 공후백자남의 작위 중에서 자작 위를 가지고 있는 영주이죠."

"⋯⋯!"

노인이 다시 한번 놀랐다.

중세에서 귀족이 갖는 입지는 상상을 초월하는 것이었다.

당연히 노인과 손녀가 제론에게 의탁을 해도 보호해 줄 수 있는 능력도 있었다.

영지까지 운영한다면 그보다 안전한 곳을 찾기는 힘들 것이다.

노인의 동공이 정처 없이 흔들렸다.

"어르신께서 공학에 조예가 깊다는 사실은 강씨에게 들었습니다. 물론 꼭 그 때문에 구한 건 아니지만요. 인육을 먹는 쓰레기들이니 그놈들은 살아 있을 가치가 없었습니다."

"자네를 곡해하지 않네."

"이곳은 과학 수준이 지극히 낮은 사회죠. 어르신께서 작은 도움을 주신다면 손녀분과 편하게 여생을 보내실 수 있게 하겠습니다."

"허어, 이게 정녕 꿈은 아니겠지?"

"자세한 이야기는 본성에 있을 강씨를 만나서 들어 보시죠. 오늘은 제 말이 진실인지 아닌지 영지를 함께 돌아보시면 되겠습니다."

노인이 작게 고개를 끄덕였다.

그가 제론의 말에 따르지 않을 이유는 어디에도 없었던 것이다.

깨어나는 영지의 아침.

박 노인은 이곳의 영주라는 남자의 뒤를 따랐다.

보기에는 영락없는 손녀와 같은 또래의 소년이었는데, 거대한 영토를 다스리는 지배자라니, 처음에는 그 사실을 쉽사리 받아들일 수가 없었다.

유창한 한국어와 한국 문화의 이해도, 심지어는 역사에 대해서까지 잘 아는 것을 보니 정말 한국인의 환생이 아닌가 싶었다.

'사실의 여부는 중요한 것이 아니야.'

박 노인은 마음을 편하게 먹었다.

그 지옥에서 건져진 것만 해도 노인이 평생 갚지 못할 은혜였다.

다만 박 노인이 은인의 뒤를 따른 것은 어떤 식으로 자신이 도움을 줄 수 있을지 알아보기 위해서였다.

'참 신비한 인물이로고.'

그가 이곳의 귀족이 확실하다면 단순히 호의를 베풀었다고 봐도 무방했다.

지구에서 보았던 사람들과 반대로 행동하는 사람이었다.

박 노인은 은인에 대한 판단을 마치고 주변을 둘러봤다.

중세라고는 하지만 잘 깔려 있는 도로나 수리되고 있는 주택, 높은 성벽과 잘 훈련된 병사들까지.

'위생이 좀 문제이지만 매일 목숨 걸고 살아야 하는 지

구보다는 훨씬 낫지 않은가.'

소년이 지나가자 이곳의 병사들과 기사들이 인사를 해왔다.

"충! 영주님을 뵙습니다!"

"반역도들이 들고일어날 가능성은 없나?"

"전혀 그런 기미는 없습니다!"

"계속 수고하도록."

"예!"

박 노인은 꽤나 충격적인 장면을 목격했다.

지구에서는 사라진 신분제가 명확하게 적용되고 있었기 때문이다.

진정으로 눈앞의 소년은 귀족이었다.

사실 소년이라는 표현이 틀린 것 같기도 했다. 얼굴이 앳돼 보일 뿐이지 체격은 성인과 다를 바가 없었으니까.

지구 기준에서나 소년이지 이곳에서는 이미 성인식을 치렀을 것이다.

이런저런 생각이 스치는 가운데 박 노인은 도시에서 작은 이질감을 발견했다.

도시는 꽤 번영한 것 같았는데, 어수선했기 때문이다.

"이미 이곳의 상태가 이상하다고 짐작하신 모양이군요. 얼마 전 영지전이 있었습니다. 원래 여긴 다른 영지였어요. 승리를 거두고 병탄하는 중이라 좀 어수선합니다."

"그……랬군."

충격의 연속이었다.

소년이 지금까지 했던 말은 모두 사실이었다.

여긴 지구와 완전히 다른 세상이었으며, 본인은 이곳의 귀족이며 영주이니 앞으로 생활에 대해서는 걱정할 필요가 없다는 설명 말이다.

소년은 왕국에서는 상당한 권력자로 부상하고 있는 중이었으며, 자신을 돕는다면 가신의 지위를 주겠다고 약속했다.

박 노인은 살날이 많지 않았지만, 손녀는 아니었다.

앞으로 몇 년을 더 살아야 할지도 모르는데, 지구에서 살아가게 둘 수는 없는 것이다.

이곳에서라면 손녀도 평범한 삶을 살아갈 수 있을 터였다.

"나오셨습니까, 영주님!"

"가르시아 경, 일찍 나왔군."

"게으른 자는 살아갈 가치가 없지 않겠습니까?"

"하하하! 경도 드디어 사람이 되어 가는구나."

소년은 굉장한 미남자와 이야기를 나누었다.

옷차림으로 보건대 기사였으며, 가신의 지위를 갖고 있는 것으로 보였다.

물론 언어가 달라 대화의 내용까지는 알 수 없었다.

"하온데 영주님, 이 노인은 누굽니까? 어쩐지 유정 경과 비슷한 인종 같은데요."

"바로 보았다. 동방에서 온 기술자거든."

"오오! 정말입니까!"

잘생긴 기사가 박 노인에게 성큼성큼 다가오더니 손을 내밀었다.

"반갑습니다. 경험 많은 기술자라니, 솜씨가 예사롭지 않아 보이네요. 저는 가르시아라고 합니다."

가르시아가 이름인 모양인 듯했다.

박 노인이 그의 손을 맞잡았다.

"허허허! 반갑소. 나는 박대성이라고 하오."

"대성 경이었군요. 기억하겠습니다."

언어는 달라도 표정과 몸짓으로 어느 정도는 뜻이 통했다.

가르시나 경은 바쁜지 곧바로 사라졌다.

지금 보니 가르시아 경이 인부들을 부려 오물을 치우는 중이었다.

"원래 이곳의 위생은 최악의 수준입니다. 중세 유럽을 생각하시면 됩니다."

"치워야 전염병이 돌지 않을 텐데."

"제가 다스리는 페로우 영지는 이렇지 않습니다. 앞으로 이곳도 페로우 영지처럼 변하겠죠."

"현대인이 다스리는 영지라. 기대가 크네."

"그냥 사람 사는 곳입니다."

박 노인은 제론과 시찰을 마치고 영주성으로 돌아왔다.

하지만 오늘 너무 많은 일들을 겪다 보니 정신을 차릴 수가 없었다.

아무런 희망이 없었던 삶에서 갑자기 이런 천국으로 왔으니까.

소년은 특별히 지시하여 닭고기로 만든 스프를 가져오게 하였다.

닭고기 스프에 웬 마늘과 여러 가지 야채가 들어가 있었는데, 이 정도면 백숙과 비슷한 수준이었다.

"이 세상에도 마늘이 있나?"

"지구에서 파밍을 하다가 발견해서 심었습니다. 지금 영지에서는 오프린 밀과 양파, 마늘, 생강, 꽃들이 자라고 있죠."

"특산물로 판매하려고 하는 건가?"

"정확하게 보셨습니다."

"과연."

박 노인은 현대인이었다.

환갑이 넘은 나이였고, 사업체를 운영했었으니 자신이 이 세상에 넘어왔고, 차원의 문을 열 수 있는 힘이 있다면 당연히 소년처럼 파밍을 다녔을 것이다.

소년은 지금까지 거짓말을 하지 않았다.

또한 그는 타인에게 호의를 베풀 수 있을 만큼의 힘과 여유를 가지고 있었다.

"다시 한번 고맙다는 인사를 전하네."

박 노인이 그에게 허리를 굽혔다.

제론은 황급하게 박 노인의 몸을 일으켜 세웠다.

"왜 이러십니까. 신분제가 정확한 사회라지만 그건 공석에서나 조심하시면 됩니다. 사석에서는 그저 대한민국의 청년으로 생각해 주세요."

"허어, 로마에 가면 로마의 법을 따르라고 했네. 사람이 염치가 있지 어찌 그러겠나?"

"페로우 영지에 정착해 있는 강씨 부녀도 그리 행동하고 있습니다."

"허허, 참. 그건 생각을 좀 해 보겠네. 아, 그리고 아까는 경황이 없어 미처 생각지 못하였는데, 강씨는 딸을 찾았나?"

"운 좋게 제가 먼저 발견해서 만나게 해 주었습니다."

"그래, 그랬군."

박 노인은 매우 기쁜 표정을 지었다.

강씨는 지구를 살아가는 사람답지 않게 맑고 깨끗한 사람이었다.

지금껏 박 노인이 만난 사람들 중에서 몇 안 되는 착한 심성을 가졌다.

그런 사람이 제론과 지구에서부터 인연을 맺었다고 하니 참으로 신기한 노릇이었다.

이곳이 안전하다는 생각이 들자 박 노인의 몸에 피로가 몰려오기 시작했다.

"편히 주무십시오."

"그래도…… 되겠나?"

"이야기는 나중에 나누셔도 됩니다."

박 노인은 지구가 망하고 난 이후 처음으로 깊은 숙면에 들 수 있었다.

제론은 몇 시간 동안 집무실에서 서류들을 처리했다.

박 노인과 손녀가 깨어난 것은 정오가 넘을 무렵이었다.

제론은 조손에게 시녀들을 보내 목욕을 하게 했고, 깨끗한 옷도 준비해 주었다. 그리고 영주성에는 나름대로 산해진미를 마련했다.

지구에서는 좀처럼 맛볼 수 없는 돼지고기 구이였다.

이 시대 방식이 아니라 숯불에 구웠고 여러 가지 야채를 곁들였다.

화룡점정은 쌈장이었다.

제론이 파밍을 하다가 구한 것으로, 오늘 같은 날에 먹으려고 아끼고 있었다.

면도까지 하고 새 옷으로 갈아입은 노인과 손녀는 다른 사람 같았다.

굉장히 말라 있는 것이 안쓰럽기도 했지만 영양 결핍은

차차 나아질 것이다.

소녀는 제론에게 인사했다.

"감사해요. 아까는 경황이 없어서 인사도 못 드렸어요."

다소 불안하게 흔들리는 눈동자.

이리저리 눈치를 보는 것은 지구의 생존자들이 기본적으로 장착하고 있는 트라우마였다.

이것도 차차 나아질 것이다.

"일단 좀 드시죠. 많이 시장하셨을 텐데."

"그럼 사양 않겠네."

그들은 말없이 배를 채웠다.

박 노인은 담담하게 식사를 하였지만, 박지은이라고 밝힌 소녀는 고기를 먹으면서 눈물까지 흘렸다.

아마 다시는 이런 날이 올 것이라 생각지 못했을 것이다.

'지구에서의 삶은 꿈과 희망도 없는 것이 맞지.'

분위기도 안정됐기에 제론은 제대로 된 이야기를 나눠 보기로 했다.

"어르신, 생각은 좀 해 보셨습니까? 저희 영지에서 정착하는 것 말입니다."

"생각이라니? 그런 것은 생각해 볼 필요도 없다네. 내 목숨이 다 하는 날까지 자네를 힘껏 돕겠네."

레비온 자작령을 병합한 지 4일째.

이제야 본성과 그 주변이 겨우 깨끗해졌다.

도시 밖에 인분을 쌓았고, 추수기를 맞아 쏟아지고 있는 밀짚들을 모아 인분과 섞었다.

이는 일석이조의 효과를 노린 것이었다.

비료는 이렇게 발효하여 만드는 것이었으니까.

영지 병탄 후 며칠은 불안감에 휩싸인 영지민들이 꽤 있었으나 이제는 많이 안정됐다.

이는 강력한 민심 안정책의 결과였다.

레비온 자작과 영지 내 탐관오리들을 뿌리 뽑고 백성들에게는 온건한 모습을 보여 주었다.

군에서도 제법 만족스러운 성과를 냈다.

비록 레비온 가문의 많은 병사들이 나갔지만 나머지는 충성 서약을 받고 예전처럼 복무하게 된 것이다. 이로써 페로우 자작령의 병력은 순식간에 두 배나 증가하여 2천을 헤아리게 되었다.

행정 구역 개편이 이루어졌으며, 영지 개발 3년 계획은 이곳 레비온에도 적용했다.

제론과 가신들이 바쁘게 움직이며 낸 성과들이다.

가장 두드러지는 것은 바로 막대한 전리품이었다.

"확인된 부분만 300만 골드 이상입니다."

"300만? 내가 잘못 들은 건 아니지?"

"찾아보면 더 있을지도 몰라요."

가르시아 경의 보고에 모든 가신들이 혀를 내둘렀다.

자작령의 한 해 운영비가 보통 30만 골드다.

그 10배에 달하는 자금을 전리품으로 벌어들였다고 하니, 다들 놀랄 수밖에.

하지만 이게 끝이 아니다.

"아직 탐관오리들의 재산은 털지도 않았고, 곳곳에 금괴들이 꽤 있을 것으로 보입니다. 이건 조사를 해 봐야죠."

"그래, 전리품 관련 부분은 가르시아 경이 계속 수고하도록 해."

"맡겨만 주십시오!"

가르시아 경은 귀신처럼 숨겨진 자산들을 털어 댔다.

자금이 풍족해지자 제론은 보다 강력한 민심 안정책을 펼칠 수 있게 됐다.

올해 세금은 반 이하로 줄이는 감세를 추진했고, 백성들은 제론의 덕을 칭송하였다.

어차피 평민들이야 지배자가 가혹하지만 않으면 바뀌는 것은 상관하지 않았기에 나타난 결과다.

양질의 일자리들이 생겨났으며, 백성들에게 꼭 농사를 짓는 것이 아니더라도 살아갈 수 있는 방안을 만들어 주었다.

이것만 해도 굉장히 큰 성과였다.

"레일라 경."

"예, 영주님."

"위생 부분에 관련해서는 최대한 신경 쓰도록 해라. 거리가 깨끗해지고는 있지만 전반적인 개선이 필요한 상태야."

"그리하겠습니다."

레일라 경은 제론의 말을 통감하였다.

한번 깨끗한 도시에서 살아 보니 더럽게 산다는 것이 얼마나 고통스러운 일인지 깨달은 것이다.

단순히 냄새뿐만이 아니라 도시에 바글거리는 온갖 해충들을 줄일 수 있었으니, 삶의 질이 말도 못 하게 향상되었다.

더러운 것보다는 깨끗한 것이 낫다는 사실을 가신들도 깨달아 가고 있었기에 제론이 위생 사업에 돈을 들이려는 것을 크게 반대하지 않았다.

"내일 아침, 페로우 본성으로 복귀한다. 돌아가는 즉시 붉은 오크를 토벌할 것이니 준비해라."

"예!"

해가 떨어지기 시작하자, 제론은 바쁘게 하루를 마무리하고 박 노인의 임시 거처를 찾기로 했다.

앞으로 박씨 조손은 페로우 영지에서 살아가게 될 것이다.

강씨 부녀가 페로우 본성에 있었으니, 공방 근처에 거처를 만들어 줄 생각이다.

아무래도 같은 한국인들이었고, 박 노인과 강씨의 친분이 깊었기에 내린 결론이었다. 그걸 박씨 조손도 만족스럽게 받아들였다.

제론은 조손이 머무는 방을 노크했다.

"계십니까, 어르신."

"어서 오게! 안 그래도 자네를 기다리고 있었네."

"저를요?"

"슬슬 지구에 한번 가 봐야 하는 것이 아니겠나?"

"위험스럽게 그럴 필요 있습니까? 어르신과 손녀분은 지금껏 고생을 많이 하셨으니 그냥 계시지요."

"허허허, 그럴 수야 있나? 자네가 뭐라고 하더라도 한 번은 가 봐야 해. 지금껏 모아 왔던 물건들을 죄다 버리고 올 수는 없으니."

"음, 그건."

제론은 박 노인의 의도를 이해했다.

그는 강씨와 마찬가지로 공돌이다. 그것도 단순한 공돌이가 아니라 박사급 이상의 지식을 가졌다.

이런 사람에게 지금껏 모아 온 물건들을 포기하라고 하면 그건 죽으라는 말과 같을 터였다.

또한 박 노인의 물건들이 영지 발전에 기여할 것이 분명하였으니, 더 이상 거절할 수가 없는 것이다.

단 하나의 문제라면 지구의 위험성이다.

"어르신, 이제야 안정을 찾으셨는데 괜찮으시겠습니까? 아시다시피 지구는 지금 엉망진창이지 않습니까."

"그런 지구에서 지금까지 버텨 왔네. 한번 다녀오는 것이야 당연히 해야 할 일이 아니겠는가? 윤씨의 유해를 수습해야 하기도 하고."

"그런 이유라면 별수 없지요."

제론은 지난 며칠 동안 박 노인과 대화를 나누며 매우 인정 많고 따듯한 사람이라는 것을 느꼈다.

강씨의 업그레이드 버전이라고 할까?

삭막한 지구에서 살아오며 갖게 되는 특성들은 어쩔 수가 없었지만, 최소한 인간답게 살아온 사람이었다.

 그런 박 노인에게 동료의 유해를 그대로 방치하는 것은 받아들이기 어려운 일이다.

 이번 지구 행은 박 노인과 함께 가기로 결정했다.

 문제라면 박 노인의 손녀였다.

 "할아버지…… 갈 거예요?"

 "허허, 잠시 다녀오마."

 "안 가시면 안 돼요?"

 "너를 구하는데 도움을 준 사람이 있느니라. 은혜를 받으면 갚는 것이 인지상정일진대 그냥 두는 것은 도리가 아니야."

 "그건…… 맞는 말씀이에요. 그래도 조심하셔야 해요?"

 "약속하마."

 박지은의 상태는 썩 좋지가 않았다.

 약탈자들에게 납치를 당하고 오랜 시간 노예로 살았으며, 마지막에는 가축처럼 감옥에 갇혀 죽을 날만 기다리고 있었는데 멀쩡할 리가 없었다.

 이는 심각한 트라우마로 남을 것이고, 치유되기 위해서는 오랜 시간 안정기를 가져야 할 것이다.

 "어르신, 친한 시녀를 보내 지은 양을 보살피게 할 테니 제 거처로 가시죠."

"고맙군!"

박 노인은 손녀에 관련된 일만 거론하면 눈가에 습기부터 찼다.

제론은 방에서 나오자마자 바이올렛을 불러 박지은을 돌보게 했다.

쿨렁!

지구로 돌아온 제론은 충만함을 느꼈다.

카렌 대륙은 마나가 고갈 직전이었기에 이런 충만함을 느끼기는 힘들다.

지구가 위험하다는 사실을 알면서도 자꾸 돌아오고 싶었으니, 이는 굉장한 아이러니였다.

제론은 한껏 숨을 들이켜다가 정신을 차렸다.

지구에서의 움직임은 항상 신중해야 하지만, 오늘은 더욱 조심할 필요가 있었다.

박 노인은 반드시 생존해야 한다.

꼭 인정(人情) 때문만이 아니었다.

박 노인은 강씨의 스승 격인 존재.

영지에 반드시 필요한 사람이었고, 지금보다 더욱 빠르게 영지를 발전시켜 줄 수 있는 인재였다.

박 노인과 강씨 부녀가 힘을 합치면 도대체 얼마나 강력한 시너지가 발생할 것인가.

제론은 숨을 한번 들이켜고는 날카롭게 주변을 살폈다.

박 노인도 마찬가지였다.

그는 베테랑 생존자답게 석궁을 들고 사방을 경계했다.

휘이이잉!

바람결에 나뭇가지 흔들리는 소리만 들렸다.

변이체가 이 부근에 있었다면 제론의 기감에 감지되었을 것이다.

제론과 박 노인은 누가 뭐라고 할 것도 없이 약탈자들의 쉘터부터 살폈다.

"……."

망원경을 통해 들어온 쉘터의 광경은 상당히 끔찍했다.

불타고 반파된 건물들은 흉물스럽게 주저앉았으며 이리저리 인골이 굴러다녔다.

제론과 강씨 조손은 탈출에 성공하였지만 나머지 사람들은 그렇지 못했다.

변이체들은 쉘터를 점령한 후에 살아 있는 모든 인간을 찢어 죽이고 살점을 탐했다.

곳곳에서 사람들이 어떻게 죽어 갔는지 짐작할 만한 광경들이 어지럽게 널려 있었다.

짙은 피 웅덩이는 진득하게 말라 갔으며 사방으로 핏자국이 쭉 이어져 있기도 했다.

변이체들이 먹이 경쟁을 벌인 흔적도 곳곳에서 관찰되었

다.

박 노인은 카렌 대륙에서 감정적으로 눈물까지 글썽이던 사람이 맞는지 의아할 정도로 냉정하고 담담한 목소리로 말했다.

"최근 변이체들이 더욱 포악해졌다네. 도시에 남은 사람들도 거의 사라지고 극소수만 간신히 삶을 연명하고 있지. 먹이가 떨어지니 자연스럽게 경쟁이 심화되고 서로를 잡아먹는 상황에 이르렀지."

"서산 근처 대규모 쉘터는 이곳이 유일했나 봅니다."

"확실하네."

박 노인은 몇 년이나 서산을 뒤지고 다녔다고 한다.

자신의 손녀가 잡혀갔기에 더욱 철저하게 조사했었고, 서산에 대해 모든 것을 낱낱이 파헤쳤다.

"사실 먹을 것이 떨어진 것은 변이체뿐만이 아니었어. 생존자들도 더 이상은 파밍을 하기가 힘든 상황에 이르렀다네. 이 때문에 약탈자들이 도시의 변이체들을 바깥으로 끌어내려 했던 거야."

"엉망진창이군요."

"지구에서의 삶은 희망이 없어."

제론은 쉘터에 아무것도 남아 있지 않다는 것을 확신하고 나서야 산을 내려왔다.

멀리서 보던 것과 가까이서 보는 것은 느낌이 달랐다.

끔찍할 정도로 흩뿌려진 피와 무너진 건물, 뒤집힌 차량들, 인골까지.

 가히 멸망과 어울리는 풍경이었다.

 박 노인은 유폭되어 박살이 난 건물을 보며 혀를 찼다.

 "탄약고가 터졌군."

 "아깝군요."

 "이를 말인가. 가뜩이나 탄약 구하기가 어려운데 말이야."

 "그래도 바닥에 떨어진 탄창이 꽤 되는 것 같습니다."

 "알뜰하게 쓸어 담도록 하세."

 "그러지요."

 "우선 일을 시작하기 전에 윤씨의 유해가 있는지 봐야겠어."

 박 노인은 이곳으로 돌아온 목적을 잊지 않았다.

 동료의 유해를 찾아 묻어 준다는 것 말이다.

 누군가는 그걸 쓸데없는 짓이라고 말하겠지만, 제론은 인간이라면 마땅히 가져야 할 도리라고 생각했다.

 동료의 시신을 묻어 주는 것은 당연한 일이 아닌가.

 약탈자들이 인육 창고로 쓰던 곳에는 그 흔적이 고스란히 남아 있었다.

 창고를 탈출하다가 죽은 사람들의 인골들이 보였다.

 건물 안에 정육점 고기처럼 걸려 있던 시신들도 모조리

사라져 있었다.

윤씨가 죽은 자리에는 형체를 알아볼 수 없을 정도로 뜯긴 인골 두 개가 굴러다녔다.

박 노인은 품에서 보자기를 꺼내 두 개의 인골을 곱게 쌌다.

"윤씨가 맞습니까?"

"그렇다네. 평소에 윤씨는 앞니 두 개가 금으로 되어 있다고 자랑했었거든."

제론과 박 노인은 양지바른 곳을 찾았다.

쉘터였던 곳이라 삽을 구하는 것은 어렵지 않았다.

박 노인은 작은 무덤을 만들었다.

유해를 모두 수습하면 좋겠지만 머리를 제외한 부분은 어딘가로 사라져 있었다.

머리 부분이라도 찾을 수 있었던 것도 천운이었다.

무덤이 완성되자 박 노인은 배낭에서 소주를 꺼내 부었다.

"부디 좋은 곳에서 부인과 행복하게."

좌륵. 좌르륵.

아까운 소주였지만 박 노인은 아낌없이 무덤에 붓고 양손을 모았다.

제론 역시 가볍게 묵념하며 명복을 빌어 주었다.

"윤씨와는 한 달 정도 함께했다네. 아내가 납치당하고

자살하려 하는 것을 내가 막았지. 아내를 찾을 수 있다고 설득한 것이 나였네."

"……."

제론은 담담하게 박 노인의 이야기를 들었다.

무덤 앞에서 고인을 기억하는 것.

박 노인 나름의 장례식이었다.

"우리는 희망을 품었었어. 각자 사랑하는 사람을 찾으면 함께 살자는 제안도 했었지. 허나 결과가 이렇게 되어 안타깝군. 차라리 윤씨는 그때 죽는 것이 나았을지도."

"어르신, 제가 고인에 대해서는 알지 못하여 왈가왈부할 수는 없지만, 인간은 하루를 살아도 가치 있게 사는 것이 중요하지 않겠습니까? 결국 이분은 복수를 완성했습니다. 그것만으로도 충분히 가치 있는 삶이었지요. 마지막에는 부부가 함께 묻혔으니, 이보다 큰 축복이 어디 있겠습니까?"

"허허허, 그래. 부부가 함께 묻히는 것도 큰 축복이지."

그들은 그렇게 무덤에서 돌아섰다.

그런 후 박 노인이 더는 윤씨 부부에 대한 이야기를 꺼내지 않았다.

제론과 박 노인은 반나절 내내 총기 수집에 열을 올렸다.

지구의 물건 중에서 종결 아이템이라고 생각되는 것이

바로 화약 무기였다.

전쟁터에 소총 한 자루만 들고 가도 쓰기에 따라서는 전황이 뒤집힐 수도 있는 어마어마한 오버 테크놀로지 무기가 된다.

K-2 소총 100자루 정도만 구해서 병사들을 훈련시키면 어떻게 될까.

탄약이 넉넉하다는 가정하에서는 무적의 군대가 탄생하는 것이다.

물론 세상사가 그리 만만치는 않은 법.

여기저기 널려 있는 소총과 권총, 수류탄 등을 정리하고 보니 쓸 만한 물건은 그리 많지 않았다.

K-2 10자루와 탄창 15개, 권총 5자루, 수류탄 3발이 전부다.

탄약고가 유폭되는 바람에 이 정도밖에 얻지 못한 것이다.

나머지는 무기가 망가지거나 수리를 한다고 해도 폭발 위험이 있어 배제하였다.

고치고자 하면 못 할 것도 없었지만 화약이 부족한 상황에서 굳이 망가진 무기들을 사용할 필요성은 못 느꼈다.

박 노인이 무기의 양을 보며 탄식했다.

"군부대를 털어 온 것으로 보이는데 쓸모 있는 무기는 그리 많지 않군."

"이 정도만 해도 어딘가 싶습니다. 지금까지 모아 온 무기들도 많으니 전쟁이 터지면 틀림없이 공을 세울 수 있을 겁니다."

"그래, 과욕은 화를 부르기 마련이지."

막강한 화력으로 전쟁 자체를 찍어 누를 수도 있었지만, 한 손이 열 손을 감당하지 못하는 법이었다.

너무 과하게 전공을 세우면 주변에서 시기가 있을 것이고, 자칫 비밀 병기가 외부로 유출되면 엄청난 재난이 일어날 것이다.

제론은 이쯤에서 만족하기로 했다.

"어르신께서 약탈자의 근거지를 털어 낸 것은 무기보다는 손녀분을 구출하기 위함이었지요. 너무 아쉬워하지 않으셔도 됩니다."

"허허허, 자네의 말이 맞네. 그 이상은 욕심이지. 손녀를 구출하지 못했다면 나는 이미 이 세상 사람이 아니었을 것이야."

장년 남자 윤씨처럼 박 노인도 이곳에서 최후를 맞았을 수 있다는 소리다.

꼬르륵.

꼬박 반나절을 움직였더니 배가 꽤 고팠다.

그들은 안전한 장소로 이동하여 샌드위치와 우유를 점심으로 먹었다.

멸망한 지구에서 먹기에는 너무 호화로운 음식이었지만 여전히 아쉽다는 생각은 들었다.

"한국인은 밥심인데 말입니다."

"허허허, 그거야말로 배부른 소리지. 이곳에서는."

"김밥에 김치를 도시락으로 까먹는 날이 왔으면 좋겠습니다."

"배추와 고추만 있으면 가능하지 않겠나?"

"그게 문제입니다."

"은신처에 씨앗이 있네."

"예!?"

제론은 깜짝 놀라 자리에서 벌떡 일어났다.

지금껏 배추와 고추를 찾기 위해 얼마나 노력해 왔던가.

마늘이나 양파, 생강 등은 사실 부재료였다.

생강과 같은 경우에는 굳이 김치에 넣지 않아도 되었고.

무까지 구했으니 김칫소까진 만들 수 있을 정도였는데, 배추와 고추라는 핵심 재료가 없어서 만들지 못했다.

젓갈은 그 비슷한 발효 식품이 존재하는지라 수입해서 만들면 된다.

김치를 직접 담아 먹을 수 있는 날이 언제가 될지 알 수 없었는데, 의외의 곳에서 답을 찾은 것이다.

"직접 담은 김치도 있다네. 우리 할멈의 솜씨를 그대로 물려받았으니 맛이 괜찮을 것일세."

"설마 고추장도 있는 것 아니겠지요?"

"왜 아니겠나? 간장과 된장도 있지."

제론은 눈을 반짝였다.

그러면서도 한 가지 의문이 떠올랐다.

박 노인은 자급자족을 하였던 모양인데, 왜 이렇게 마른 걸까?

이유는 스트레스였을 것이다.

손녀를 만날 수 있다는 희망에 이것저것 텃밭을 가꿔 왔던 모양이지만, 혼자서 먹는 밥이 목구멍에 넘어갈 리가 없었다.

그저 살기 위해 식사를 해 왔을 것이고, 대충 목숨만 연명하였을 테니 영양을 고르게 섭취할 수 없었을 터다.

박 노인이 카렌 대륙으로 넘어온 지 4일.

그동안 박 노인의 얼굴에 살이 제법 차오른 것을 보니 식사를 제대로 하지 못했던 것은 역시 스트레스가 원인이었던 것으로 보였다.

"나름대로 파밍을 하며 씨앗도 모아 둔 것이 있네. 특산품으로 기능을 할 만한 작물은 몇 안 되지만 그래도 한식을 만들어 먹을 정도는 될 거야."

"실로 놀라운 정보입니다! 도대체 제대로 된 한식을 언제 먹어 봤는지 가물가물합니다."

"가지. 자네의 영지로 돌아가면 한식에 소주 한잔하세.

보쌈 정도면 괜찮지 않겠는가?"

"벌써부터 침이 고입니다. 강씨가 좋아하겠군요."

"기대되는군."

박 노인은 잔잔하게 미소를 지었다.

강씨의 말에 따르면 박 노인은 표정이 없는 사람 같다고 하였는데, 그 역시 웃을 수 있는 사람이었다.

상황이 웃음을 앗아 갔을 뿐.

제론은 반나절 동안 모은 총기류를 차원의 문 너머로 던져 놓고 이동을 시작했다.

바이크를 타고 갈 수도 있었으나 역시 최고의 이동 수단은 자전거다.

전기차가 아닌 이상 연식이 오래된 차들은 요란한 소리를 내기 마련이었고, 이는 위험에 처할 수 있는 요인이 된다.

차량이 달달거리며 소음을 내면 언제라도 변이체의 표적이 될 수 있는 것이다.

그뿐이랴.

변이체뿐만이 아니라 인간이 더 위험할 때도 많았다.

이 때문에 그들은 자전거를 선택했다.

가져가지 않은 자전거 몇 대가 약탈자 쉘터에 남아 있어 다행이었다.

제론과 박 노인은 주변에 신경을 집중하며 국도를 탔다.

말은 최대한 아꼈다.

쉘터에 모여 있던 변이체들은 사방팔방으로 흩어졌고, 언제 어디에서 튀어나올지 알 수 없는 상태다.

그러니 가능하면 빠르게 움직이면서도 소음에도 신경을 써야 하는 것이다.

사라락.

국도를 달리다가 소음이 발생하면 제론과 박 노인은 누가 뭐라고 할 것도 없이 도로에서 빠져 양쪽으로 갈라졌다.

몸을 숨기고 소리의 근원이 무엇인지 파악할 때까지 움직이지 않았다.

대부분은 바람으로 인한 소리였지만 항상 그렇지는 않았다.

"크르르륵."

가까운 곳에서 기괴한 음성이 울려 퍼지자 그들은 근처 나무 뒤에 몸을 숨겼다.

약 100m 정도 떨어진 곳에서 진화체 두 마리가 짝을 이루며 어슬렁거리고 있었다.

제론은 자세하게 놈들을 관찰했다.

말라깽이는 더욱 말라서 날렵하게 움직였고, 근육 돼지는 예전보다 몸집이 불어났다.

놈들이 진화했다는 것은 분명해졌다.

예전 같으면 돌아갔겠지만 지금은 산속도 안전하다고 말하기 힘들었다.

박 노인은 도로를 달리기 전에 협의하였던 대로 배낭에서 발목 함정 몇 개를 꺼내 던졌다.

쨍그랑!

도로에 울려 퍼지는 작은 파문.

쇳소리가 나자 진화체들이 괴성을 내지르며 달려왔다.

쿵! 쿵! 쿵!

박 노인의 발목 함정은 어느 정도의 위력을 갖추고 있을 것인가.

강씨의 발목 함정은 진화체의 발목을 잘라 내지 못했다.

반쯤 파고들어 가 진격을 저지하는 수준이었는데, 그 스승격인 박 노인의 함정이라면?

몹시 기대되었다.

제론은 도로로 나와 더블 캐스팅을 했다.

박 노인은 지원 사격을 위해 특수하게 개량된 석궁을 들고 조준 중에 있었다.

정신력에 감응한 서클의 마력은 외부의 마나를 움직였다.

풍부한 지구의 마나가 무식하게 큰 빛의 화살을 만들어 냈다.

달려오던 진화체들은 더욱 날뛰다가 발목 함정을 밟았다.

쾅! 꽈드드득!

발목 함정에서 뭔가 터지는 소리가 났다.

그건 화약이었다.

단순히 함정을 밟으면 닫히는 것이 아니라 화약을 터뜨려 발목을 잘라 버리는 것이다.

서걱!

"끼에에엑!"

말라깽이의 발모가지는 날아갔고 근육 돼지의 발목은 거의 잘려 나가 덜렁거렸다.

제론은 그 엄청난 위력에 혀를 내두르며 마법을 변이체들에게 날렸다.

퍽! 퍽!

"끼엑! 끼에에엑!"

머리통에 맞아 벌렁 넘어지는 놈들.

가뜩이나 발목도 성치 않은데 머리통을 얻어맞으니 부르르 경련을 일으켰다.

이것으로 제론은 한 가지를 확신하게 됐다.

아무리 진화된 놈들이라고 해도 뇌진탕을 일으킬 만큼 강하게 머리를 얻어맞으면 잠시 다운이 되어 움직이지 못한다는 사실을 말이다.

넘어진 진화체들은 사지에 경련을 일으켰는데 미간이 움푹 파여 있었다.

제론은 장검을 뽑아 그대로 진화체의 머리통들을 내려찍

었다.

퍼억! 퍼억!

푸른 마나가 진화체에서 빠져나가 제론의 손바닥으로 흘러 들어왔다.

황금 열쇠가 리셋되면서 색이 진해졌고, 더욱 마력이 늘어났다.

이것으로 제론이 지구에서 머물 수 있는 시간도 리셋되었다.

"허어! 실로 대단한 광경이로군. 전에도 한번 본 적이 있으나 여전히 신비로워."

"아직 부족한 실력입니다."

"무얼. 이놈들이 가진 푸른 막을 뚫을 수 있다는 것만 해도 대단한 일이지. 괴물들이 푸른 막을 사용하기 전에는 그럭저럭 사냥이 가능했지만 이제는 불가능해졌네."

"앞으로 더 진화하면 잡을 수 있을지 모르겠습니다."

"그때가 되면 지구로는 발길을 하지 말아야지."

"맞습니다."

제론은 가볍게 고개를 끄덕였다.

지금이야 그럭저럭 변이체들을 상대할 수 있기에 괜찮지만, 이 괴물들이 진화를 거듭하게 된다면 지구로의 발길은 끊어야 한다.

아니면 그 이상으로 제론이 강해지거나.

박 노인의 은신처는 약탈자의 쉘터에서 그리 멀지 않았다.

그들은 대략 30분 만에 작은 시골 마을에 도착했다.

사방이 트여 있어 사람이나 변이체의 접근을 감시하기 좋았고, 높은 담장으로 사방이 둘러싸여 있었다.

이곳은 전형적인 농가 주택으로, 사방에 밭이 널려 있었다.

멀리서 보면 언뜻 평범하지만 가까이서 보면 결코 그렇지 않았다.

3미터가 넘어가는 담장에는 구멍이 빼곡하였는데, 그게 죄다 석궁이 발사되는 구멍이었다.

누구라도 은신처에 접근하면 고슴도치가 되고 말 것이다.

길바닥에는 아까 박 노인이 사용했던 발목 함정들이 촘촘하게 깔려 있었다.

실수로 밟으면 그대로 몸이 무너져 갈기갈기 찢기고 말 것이다.

실로 살벌한 광경이 따로 없었다.

"내가 밟는 곳만 밟아야 하네. 나조차도 집으로 돌아갈 때에는 조심해야 하거든."

"그, 그러겠습니다."

변이체를 상대하는 것보다 박 노인의 은신처로 들어가는

과정이 더 험난한 것 같은 느낌이 들었다.
 제론은 집중하여 박 노인이 밟는 곳만 밟았다.
 강씨의 은신처는 상대가 되지 않을 지경이다.
 대문은 무려 홍채 인식으로 열렸다.
 사실 홍채 인식이 엄청난 기술은 아니었지만 지구가 어떤 상황인지 상기할 필요가 있었다.
 멸망한 지구에 홍채 인식으로 열리는 자동문이 있다?
 전자 제품의 부품을 떼어 만들었다고 해도 이는 꽤나 대단한 기술력이라 말할 수 있었다.
 삐익!
 [사용자 인증. 허가되지 않은 사용자는 사살됩니다.]
 "……."
 담담하게 흘러나오는 기계음.
 대문 위에는 기관총 두 자루가 움직이고 있었다.
 CCTV가 도처에 깔린 것은 물론이고 기관총들은 살벌하게 대문 앞을 조준하고 있었다.
 [인증되었습니다.]
 쿠구궁!
 육중한 대문이 열렸다.
 겉벽은 일반적인 담장이었지만 내부에는 철판이 덧대져 있었다.
 석궁들은 자동으로 작동하도록 하나하나 설비되어 있었

으니, 이것만으로도 박 노인의 기술력을 짐작케 하였다.
 그러나 아직 놀라기는 이르다.
 박 노인의 은신처는 내부가 더욱 가관이었기 때문이다.

 현관을 열자 제론은 두 눈을 의심했다.
 도대체 여기가 멸망한 지구인지, 정보부 상황실인지 구분이 되지 않았다.
 10개가 넘어가는 모니터에는 주변의 정보가 흘림 없이 들어오고 있었으며, 상황판에는 빼곡하게 일정이 정리되어 있었다.
 한쪽에는 서산 전도가 걸려 있었는데, 붉은 압정과 실이 유기적으로 연결되어 수사 기관에서 범죄자를 추적하는 모습을 연상케 하였다.
 지도 옆으로 시선을 돌리자 무기 진열대가 보였다.
 소총과 권총은 물론이고 수류탄과 C4 폭탄, RPG7까지 갖추고 있었다.
 줄줄이 꽂혀 있는 탄창들.
 그 양이 많지는 않았지만, 대한민국에서 이만한 무기들을 모았다는 것은 실로 대단한 일이었다.
 무기 진열대 앞에 당당하게 놓여 있는 물체.
 압권은 드론이었다.
 "어르신, 저건 혹시 정찰용 드론인가요?"

"그렇다네. 군용 드론이지. 적외선 열감지기까지 달려 있어 변이체를 추적할 수 있어. 자네도 알다시피 변이체 녀석들은 생명체거든."

"대단하십니다."

"간절하면 하늘이 돕는다지. 강씨와 헤어진 후 나는 시내에 손녀가 있다고 생각하여 진입했네만 조사가 쉽지 않았어. 이리저리 장비들을 구해 채우다 보니 이렇게 됐군."

은신처 내부에는 뭐 하나 예사로운 것이 없었다.

드론 옆에는 칼로리 바가 대량으로 쌓여 있었는데, 마트에서 털어 온 것이 아닌가 싶었다.

박 노인이 말했던 씨앗은 식료품이 쌓여 있는 곳에 가지런히 정리되어 있었다.

"이거 보이나?"

박 노인은 7번 CCTV를 확대하였다.

뒷마당에 빼곡하게 작물들이 심어져 있었다.

배추와 고추는 물론, 여러 종류의 채소와 옥수수까지 자란다.

텃밭은 50평 규모로 그리 큰 편은 아니었지만 생존에 꽤 도움이 됐을 것이다.

야외 건조대에는 그렇게 자란 작물이 건조되고 있었다.

아무래도 보관을 오래 하려면 말려서 저온 창고에 넣는 것이 가장 좋았기 때문으로 보였다.

박 노인은 바닥에 깔려 있는 카펫을 걷고 지하로 내려가는 문을 열었다.

드러나는 지하 창고.

이곳에는 환풍기가 달려 있었으며 은근하게 냉기가 흘러나왔다. 아마 냉장 시설을 제대로 갖춘 모양이다.

제론은 실내로 들어오기 전 옥상에 설치된 태양광을 보았다.

전기가 없다면 이런 시설은 엄두조차 내지 못하였을 것이다.

지하 창고에는 건조식품들이 꽤 많았다.

가장 눈에 띄는 것은 족히 수십 킬로그램은 되어 보이는 고춧가루였다.

"고춧가루를 이렇게 많이 보게 되는 날이 오다니."

"한식에는 빠질 수가 없지."

그 밖에 쌀과 밀가루도 꽤 있었다.

모든 정황을 보니 확실해졌다.

박 노인은 먹을 것이 없어서 마른 것이 아니었다.

손녀 생각에 매일 밤잠을 설치다 보니 스트레스를 받아 마른 것이다. 제때 식사를 하는 경우도 드물었을 것이고.

"여기 있는 모든 것을 통째로 가져갈 수 있겠나?"

"태양광 시설까지 말입니까?"

"그래야겠지."

제론이 가볍게 고개를 끄덕였다.

예전 같았으면 엄두도 내지 못하였을 것이다.

제론의 경지가 올라가고 종종 변이체를 사냥하게 되면서 황금 열쇠가 꽤나 발전하게 되었다.

이제 200kg 정도는 옮길 수 있었고, 하루에 한번 지구에 넘어올 수도 있었으니 2주 정도면 다 옮기지 않을까 싶었다.

식품 창고를 둘러본 제론은 박 노인이 미래를 준비해 왔음을 알 수 있었다.

박 노인이 죽은 이후에도 손녀가 몇 년은 버틸 수 있는 양이었다.

그 사랑이 참으로 지극하지 않은가.

"어르신, 드론을 날려 볼 수 있을까요?"

"목적지가 있나?"

"유진 산업이라고, 유통 회사입니다. 주로 밀을 비롯해서 곡식을 수출했었죠."

"잘 알고 있다네."

"그래요?"

"서산 시내는 내 손바닥 안이지."

몇 년이나 박 노인은 손녀를 추적해 왔다.

박지은은 약탈자들에게 납치되어 몇 년이나 노예처럼 부려졌고, 결국에는 잡아먹을 위기까지 갔었지만 끈질긴 추격을 통해 결국에는 구출했다.

그 과정에서 편의에 따라 지도를 사용하긴 했지만, 머릿속에 웬만한 정보는 모두 저장되어 있는 것이다.

"유진 산업은 물류 회사인 만큼이나 외부 창고를 꽤 가지고 있네. 허나 외부 창고는 초창기에 다 털렸지. 유일하게 남은 것이라고는 지하 창고 하나일 거야. 그나마 태양광 시설 때문에 저온 시설은 꽤 잘 되어 있을 것이네."

"맞습니다."

"지금까지는 창고 열쇠가 없어서 아무도 열지 못했지. 지하 창고는 거의 은행 금고를 방불케 하는 수준이거든."

"열쇠는 제가 가지고 있습니다."

"정말인가?"

제론은 품에서 열쇠를 내밀었다.

굉장히 복잡한 형식의 열쇠였으며, 작은 카드도 달려 있었다.

아날로그 방식과 전자 방식의 자물쇠를 한꺼번에 풀어야만 열 수 있게 설계된 장치였다.

이런 철저한 보안 때문에 지금껏 유진 산업의 지하 창고가 털리지 않았던 것이다.

"허허, 그건 도대체 어디서 발견했나?"

"농장에서 발견했습니다. 그곳 직원으로 추정되는 사람이 가지고 있더군요."

"천운이군. 잘 하면 그곳에서 대량의 종자를 구할 수 있을지도 모르지."

오프린 밀 농장과 연계되어 있는 곳이었기에 밀 이외에 다른 종자들도 보관되어 있을 것이다.

농장에는 밀만 심었던 것이 아니다.

밀 이외에 여러 가지 실험적인 작물들을 심었는데, 개량을 위한 실험이었다고 봐도 무방했다.

개량에 성공하지 못했다고 해도 21세기의 작물들은 기본적으로 악조건 속에서도 잘 자랐고 수확량도 높았다.

어떤 것을 가져다 심어도 카렌 대륙에서보다는 낫다는 뜻이다.

"드론을 날리는 건 어렵지 않다네."

박 노인은 마당에 드론을 내려다 놓고 상황실(?)로 돌아왔다.

조이 스틱의 버튼을 누르자 드론이 힘차게 날아올랐다.

상공을 가르는 드론.

변이체는 하늘을 날 수 없다.

점프를 높게 하여 드론을 낚아챌 수는 있겠지만 비행은 불가능하였기에 대략 20미터 높이에서 관찰하면 되었다.

여기서 유진 산업까지는 직선으로 30km 정도였다.

자전거를 타고 가면 1시간 30분 정도 소요될 것으로 보였으나, 저곳이 시내라는 것을 감안하면 더욱 오랜 시간이 걸릴 것이다.

지상이 아닌 하늘을 날아간 드론은 순식간에 시내로 접어들었다.

제론은 드론의 카메라를 통해 시내의 상황을 살필 수 있었다.

"변이체들이 시내 외곽으로 많이 빠진 것 같습니다."

"최근 약탈자들이 미친 짓을 벌여서 그렇다네."

"어르신의 손에 죽은 자들 말이지요?"

"그래, 그 녀석들 덕분에 손녀가 갇힌 곳을 빠르게 알아낼 수 있었지."

약탈자들이 시내의 변이체를 밖으로 빼낸 것은 결국 식량이 다 떨어졌기 때문이었다.

그 녀석들은 그만한 힘을 갖추고도 농사를 지을 생각은 하지 않았다.

조금만 노력하면 종자들을 구해 대규모 경작지를 조성할 수 있었음에도 그저 약탈에 혈안이었다.

인생 막장에 이른 자들.

마지막에는 사람들을 잡아먹었으나 그마저도 다 떨어져 시내를 통째로 점령할 생각을 했던 것이다.

그 과정에 덜미가 잡혀 몰살을 당했으니 자업자득이다.

변이체들이 꽤 빠졌다지만 어느 곳에는 수십 마리가 뭉쳐서 돌아다니기도 했다.

"이상하군요. 변이체들은 고작해야 두 명 정도가 짝지어 다니는 것 아니었습니까?"

"그것도 이제 옛말이라네."

"최근에는 행동이 바뀌었다는 뜻이군요?"

"요즘에는 놈들이 무리 지어 다니며 동족을 사냥한다네. 이 괴물들도 본능적으로 알게 된 것이지. 인간이 거의 다 죽었으니 살아남으려면 서로 잡아먹는 수밖에 없다는 것을 말이야."

"놀라운 일입니다."

지구의 인간들은 초식 동물로 전락한 지 오래였다.

생존자 개체가 많을 때에는 변이체들도 단독 행동을 했지만, 그 숫자가 현저하게 줄어들자 무리를 이루어 동족을 사냥하는 방식으로 변화했다.

동족 포식을 하는 과정에서 살아남은 놈들은 점점 강해졌으니, 갈수록 가관이라 할 수 있었다.

"도대체 나중에는 어찌 될지 짐작조차 할 수 없군."

"절대적인 방어선을 구축하지 않는 이상 파밍도 힘들겠습니다."

"결국에는 그리되겠지."

제론과 박 노인이 대화를 나누는 도중에도 드론은 열심히 창공을 날아다녔다.

마침내 드론은 목적지 상공에 도착했다.

제론은 변이체들의 움직임을 유심히 관찰했다.

유진 산업 근방은 겉보기에 꽤나 평온했는데, 드론이 열감지 카메라로 전환하자 건물 곳곳에서 창고를 포위하듯 진영을 갖추고 있음을 알아냈다.

"허어."

"놀랐나?"

"제가 알고 있는 변이체가 아닙니다."

"인간이 살아남기 위해 진화했다면 놈들은 사냥을 위해 진화했지. 머리도 똑똑해지는 모양이야. 유진 산업은 식품 창고이기에 꾸준하게 생존자들이 찾는 구역이라네. 변이체 놈들도 그걸 아는 거지."

제론은 모골이 송연해지는 느낌을 받았다.

지금껏 시내 외곽만 돌아다녀서 이 정도로 세상이 위험해졌는지는 몰랐다.

변이체는 인간을 색출하기 위해 사냥 방식이 진화했다. 협력을 통하여 남아 있는 소수의 생존자들을 끌어들이는 것이다.

미끼를 앞에 두고 덫을 설치하는 인류의 전통적인 사냥 방식과 비슷했다.

"그대로 진입했다가는 큰 낭패를 볼 뻔했습니다."

"하늘의 도우심이었겠지. 모든 인연에는 인과가 있다네. 자네가 나를 도왔기에 위험을 면하게 된 것이 아니겠나."

제론은 박 노인의 말을 부정할 수 없었다.

그에게 종교가 있는 것은 아니었지만 불교에서 말하는 인연이 정말로 있는 것이 아닌가 싶었던 것이다.

드론은 자세하게 정보를 표시했다.

어디에 몇 마리의 변이체들이 숨어 있는지 말이다.

"말라깽이 진화체 세 마리에 근육 돼지가 세 마리, 일반 변이체가 네 마리라."

굉장히 부담스러운 숫자였다.

유진 산업까지 가는 것만 해도 상당히 고된 길이 예상되었는데, 목적지에는 변이체들이 함정을 파 놓은 채 기다리고 있었다.

혼자서 시내로 향했다면 지금쯤 제론은 시체가 되었을지도 몰랐다.

박 노인이 턱을 쓰다듬으며 말했다.

"각개 격파를 할 수밖에 없겠군."

"가능할지 모르겠습니다."

"혼자서는 불가능하지. 내가 돕겠네."

"아닙니다. 이쯤 되니 굳이 시내를 털어야 할 필요가 있나 싶습니다. 외곽에도 털 만한 물건들은 도처에 있죠."

"허나 저곳에는 여러 종자들이 있지. 자네 영지가 발전하기 위해서는 필요해."

"그건."

제론은 부정할 수 없었다.

지금까지만 해도 페로우 영지는 빠르게 발전할 수 있을 테지만, 더 다양한 작물들을 지구에서 들여올 수 있다면 발전 속도가 더욱 빨라질 것이다.

박 노인은 어떻게든 은혜를 갚고자 했다.

"딱 저기까지만 돕겠네. 작전이 필요하니 좀 더 심사숙고하여 들어가자고."

"일이 너무 커지는 것은 아닐지요?"

"자네가 평범한 사람이었다면 나도 권유하지 않았을 걸세. 허나 자네는 마법사 아닌가?"

제론은 가슴이 벅차오름을 느꼈다.

박 노인이 돕는다면 정말로 유진 산업을 털어 농업 발전의 기반을 마련할 수 있을 것 같아서다.

통합 페로우 영지.

이번에 제론이 레비온 자작령을 병합하면서 영토는 기존의 두 배에 가깝게 늘어났다.

인구는 그 이상 늘어나 15만을 헤아렸으며, 일반적인 자작령이라고 볼 수는 없는 규모였다.

대제후에 해당하는 백작가 만큼의 영토는 아니었지만, 이 정도만 해도 한 대에서 이루어 낼 수 있는 최고의 성과라고 말할 수 있었다.

영지는 빠르게 발전하고 있었다.

이건 단순한 체감이 아니라 처음 페로우 영지를 방문한 박 노인의 눈에도 그랬다.

"생각보다 나쁘지 않군."

"그동안 많은 노력을 기울였습니다."

"시대적인 배경을 보면 자네와 가신들이 얼마나 신경을 썼는지 알 수 있네. 기중기는 강씨의 손을 거치지 않은 버전인가?"

"정확하게 보셨습니다. 처음에는 도르래 하나를 사용하다가 추후 강씨가 영지에 온 이후에 삼단 도르래로 바꾸었습니다."

"모터를 설치하면 더 빠르게 영지가 발전할 수 있을 텐데 아쉽군."

"모터……요?"

"전기 지중화 공사만 하면 가능하지."

"하하……. 지중화 공사라니. 그건 강씨의 기술로도 불가능한 일입니다."

"허허. 그건 내게 맡기게. 그리 어려운 일도 아니야."

영지에서 전기를 사용한다?

생각해 본 적도 없는 일이었다.

태양광 패널을 뜯어 와서 간단한 전자 제품 정도는 사용할 수 있다고 생각했었지만 그 과정이 너무 복잡해서 엄두도 내지 못하고 있었다.

강씨도 태양광 설비를 공방에서 사용하는 정도였지, 영지에 지중화 공사를 하겠다는 말은 꺼내지 않았었다.

"그게 그냥 가능한 일입니까?"

"변압기 하나 정도는 설치해야겠지. 영지 전역에서 전기를 사용할 것은 아니니까."

"이거, 도시 설계를 처음부터 다시 해야 하는 것 아닌가 싶습니다."

"허허허, 열심히 태양광 패널을 들여오게. 많이 가져올수록 더 많은 전기를 생산할 수 있을 테니."

박 노인은 대략 100kw 정도의 설비만 해도 당장 중요한 곳에서 사용할 정도는 생산할 수 있다고 봤다.

보통 가정집 태양광이 3kw였고, 드물게 5~6kw를 올리기도 했다.

100kw 설비를 하려면 관공서를 통째로 털어 와야 하는 수준이었으니 이 역시 장기 프로젝트의 일환이었다.

제론의 심장이 뛸 정도로 매력적인 제안이었다.

언젠가 영지 전역에 지중화 공사를 하게 된다면 신세계가 열릴 것이다.

"도시 개발 계획서가 있으면 주게. 내가 한번 체크해 봄세."

"감사합니다, 어르신."

"아니야. 내가 더 고맙지. 이 영지는 앞으로 손녀가 살아갈 터전이 아닌가. 죽기 전까지 힘쓰다 가겠네."

박 노인의 목표는 하나였다.

박지은이 살아가기 좋은 도시를 만들어 주는 것.

황폐한 지구에서 오래 살아왔던 박지은은 한눈에 보아도 정상이 아니었다.

이런 트라우마를 극복하고 정상인으로 살아가는데 환경도 중요한 법이었으니, 박 노인이 노력을 하고자 다짐한 것이다.

'계기야 어떻게 됐건 좋은 일이지.'

제론은 영지가 10년 후에는 어떻게 변할지 상상해 봤다.

지금이야 중세를 벗어나지 못하는 수준이었지만, 10년만 지나도 대략 18세기 유럽 도시 정도는 가능하지 않을까?

다음 세대로 넘어가면 19세기 정도로 발전할지도 몰랐고.

박 노인이 합류한 것만으로도 영지는 더 많은 가능성을 꿈꿀 수 있게 된 것이다.

본성에 도착한 제론은 여기서 군을 해산하고 가신들에게도 각자의 역할을 부여했다.

"영주님, 고생하셨습니다!"

"경들도 고생했다."

"그럼 회의 때 뵙겠습니다!"

가신들은 각자 맡은 일을 찾아 흩어졌다.

행정부는 그 나름대로 바쁠 것이고, 군부는 붉은 오크를 토벌한다고 바쁘게 움직일 것이다.

이 모든 작업을 총괄해야 하는 제론도 한가하지는 않았

지만 할 일은 해야 했다.

"어르신, 공방으로 가시죠."

"그러지."

제론 일행은 바쁘게 발길을 옮겼다.

카앙! 카앙! 카앙!

영지 공방 거리.

페로우 영지에는 하네스 백작가에 비할 정도는 아니었지만 신식 공방들이 생겨나고 있었다.

대장간과 공장, 수공업 등이 종합적으로 이루어지며 총책임자는 강씨였다.

강씨의 보조로는 기존의 장인들과 강유정이 내정되어 있었는데, 그들은 모두 눈코 뜰 새도 없이 바빴다.

무구 생산 공장에서는 끊임없이 주물에서 철제품이 찍혀 나오고 있었다.

이는 바바리안과의 교역에서 철광석이 대량으로 들어왔기에 가능한 일이다.

철광석에는 미스릴이 소량 섞여 있어 간단한 공정만으로도 쭉쭉 무구가 뽑혀 나왔는데, 쇳물을 붓고 틀을 잡아 한 번에 수십 자루씩 생산했다.

그 이후에는 장인들이 연마하여 완성한다.

굉장한 발전상이었으나 공방 거리는 여전히 완성 중에

있었다.

영지에 필요한 시설들이 수도 없이 많았으므로 강씨의 주도하에 대규모 토목 공사가 진행되고 있는 것이다.

일행은 후끈하게 열기가 쏟아지는 대장간을 지나 면직 생산 공장을 짓기 위해 고군분투하고 있는 공사장에 이르렀다.

이곳에는 강씨 부녀가 설계도를 들여다보며 공사를 지시하고 있었다.

"거기 빨리빨리 못 움직이나!"

"갑니다!"

"이렇게 굼떠서야 무슨 일을 한다고! 빨리빨리!"

"예!"

빨리빨리 열풍이 영지를 지배하고 있었다.

이러다가 사고로 이어지는 경우가 많은 것이 사실이지만, 안전 교육을 철저하게 시켜 요즘에는 사고가 줄어들고 있는 추세다.

공사장에서 감독을 하던 강씨가 제론을 발견했다.

"어? 자네 왔나?"

"자네 지인을 모셔 왔네."

"내 지인……? 그럴 만한 사람이 없을 텐데."

제론의 뒤에서 박 노인과 손녀가 모습을 드러냈다.

툭.

놀란 강씨는 설계도를 떨어뜨렸다. 그리고 그런 실수를 인지조차 하지 못하는 상태.

일시적으로 사고가 마비된 사람 같았다.

강씨는 항상 박 노인에 대해 이야기를 해 왔다.

술을 마실 때에도, 공방에서 일을 할 때도, 심지어는 신제품을 개발 할 때마저 박 노인의 도움이 아니었다면 이런 기술을 뽐낼 수 없었을 것이라고 말했다.

강씨에게 있어 박 노인은 스승 그 이상의 의미가 있는 사람이었다.

"스, 스승님!"

"허허허, 스승이라니. 당치도 않네. 편히 부르시게."

"살아 계셨군요!"

사제(師弟)가 해후했다.

그들은 서로 얼싸안으며 안부를 확인하기에 여념이 없었다. 얼마나 기뻤는지 두 남자의 눈에 눈물이 고였다.

강씨나 박 노인은 말 많은 사람들이 아니었는데, 끊임없이 말을 주고받는 것을 보니 역시 보통 관계가 아니었다.

"결국 손녀분을 구해 내셨군요!"

"여기 한씨가 아니었다면 불가능했다네."

"허허, 기가 막힌 우연이로군요. 어찌 이런 일이 다 있는지."

"상황을 살펴보면 필연이었다고 봐야지."

저 멀리서 강유정 역시 일행을 발견하고 달려왔다.

환하게 웃는 그녀.

강유정은 이제 지구에서의 트라우마를 완전히 극복하였다.

"오셨군요!"

"유정 씨도 인사해. 강씨의 스승님."

"어르신이 바로 아버지의 은인분이신가요!?"

"은인이라니. 당치도 않아. 그저 인연이 닿아 구한 것뿐이지."

"아니에요. 지구에서 그 정도 마음을 가진 분이 몇이나 되겠어요? 존경하고 있었어요."

"허허허! 예의 바른 아가씨로군."

분위기가 매우 훈훈했다.

여기 있는 사람들은 모두 지옥에서 간신히 탈출한 자들이다.

전생에서의 인연이 이어져 이런 결과를 낳았으니, 필연이란 정말로 존재하는지도 모르겠다.

"이곳 공방 거리는 자네가 책임자인가?"

"그저 제가 임시 관리자로 있을 뿐입니다. 이제 스승님께서 책임자가 되어 주셨으면 합니다."

"언제 죽을지도 모르는 늙은이가 책임자로 앉아서 무얼 하겠나."

"스승님께서 계신데 제가 높은 자리에 있을 수는 없습니다."

좋은 의미에서의 옥신각신이었다.

제론은 박 노인과 강씨의 상황을 모두 이해하였다.

강씨는 먼저 영지에서 일을 한 선배나 마찬가지였다. 하지만 스승 격의 인물이 왔으니 당연히 박 노인이 책임자가 되어야 한다고 보는 것이다.

강씨의 말은 구구절절 옳았지만 박 노인은 너무 늙었다.

지금이야 워낙 정정하여 웬만한 젊은이 못지않았지만, 나이를 고려하면 정력적으로 일할 수 있는 시작은 고작 3~4년이 한계일 것이다.

제론은 생각을 정리하고 박 노인에게 제안했다.

"고문 정도의 자리에 있으시죠."

"고문이라."

"조언자의 역할인 것이지요. 공방 책임자가 되면 반드시 혹사를 당합니다. 강씨는 야근을 밥 먹듯이 합니다. 이제 겨우(?) 50대 초반인 강씨도 힘들어하는데, 어르신이 그 자리를 맡았다간 사달이 납니다. 그러니 고문을 맡아 주세요."

"영주의 뜻이 그렇다면야."

이것으로 자리 배치에 대한 문제는 일단락되었다.

자릿값을 하려는 건지, 천성이 그런 건지 박 노인은 바로 기계부터 관심을 가졌다.

"이건 탈곡기와 분쇄기인가?"

"맞습니다. 이제 추수가 시작되니 간단하게 만들어 보았지요."

"훌륭한 설계이긴 한데, 동력을 전달하는 방법을 바꾸면 적은 양의 전기로도 효과적으로 사용할 수 있다네."

"가르침을 부탁드립니다."

"어떻게 하냐면……."

공돌이들은 자신들의 세계에 빠져들었다.

이는 매우 긍정적인 시너지 효과였다.

강씨가 혼자 물건을 개발하고 만드는 것에는 아무래도 한계가 있을 수밖에 없었다.

하지만 강씨보다 뛰어난 기술을 가진 박 노인이 영입되었으니 적어도 3배 이상의 시너지는 낼 것이다.

제론은 뻘쭘하게 서 있는 박지은을 보며 강유정에게 부탁했다.

"트라우마가 심각한 아이야. 네가 돌봐 줄 수 있겠니?"

"맡겨 주세요!"

제론은 아직 강유정에게 박지은이 어떤 일을 겪었는지 자세하게 알려 주지는 않았지만, 강유정은 대충 짐작한 것 같았다.

멸망한 지구에서 여자로 살아간다는 것이 얼마나 힘든 일인지 그녀는 경험으로 잘 알고 있었으니까.

"네가 지은이구나?"

"……네."

"언니하고 놀러 갈까?"

"괘, 괜찮을까요?"

"여긴 괜찮아. 병사들이 지키고 있거든."

이만하면 됐다.

트라우마를 완전히 회복한 강유정이라면 충분히 박지은의 마음을 치유해 줄 수 있을 것이다.

페로우 영지 본성으로 복귀한 제론은 눈코 뜰 새 없이 바빴다.

행정관들이 현안을 정리하여 올렸고, 일일이 서류를 확인했다.

대규모 공사들이 연이어 이어지고 있었으며 영지에 막대한 자금이 돌면서 다들 정신을 차리지 못할 지경이었다.

이제 곧 추수기가 다가온다.

영지 세금에 대한 내역서도 올라왔다.

제론은 눈가에 몰려오는 피로 때문에 미간을 지그시 누르고는 행정관의 보고서를 자세히 살폈다.

"그러니까……. 밀 150만 포대 정도가 올해 생산될 예정이라는 건가?"

"그렇습니다. 기존대로라면 이 중 40%가 세금이므로 60

만 포대가 들어올 것으로 추산됩니다."

"우리가 60만 포대나 거두어들이면 문제가 있지 않겠나?"

"원래부터 자급자족하기에는 빠듯했습니다. 그나마 물 부족이 해결되고 레비온 자작가를 병탄하여 이 정도인 것이지요. 작년에 수도 없이 죽어 나가던 아사자들을 생각해 보면 양호한 편입니다."

물이 부족하지 않았음에도 이렇다.

페로우 영지의 영토는 팽창하였으나 농지가 적어서 문제가 발생한 것이다.

단순히 땅이 늘어났다고 개간된 농지가 늘어난 것은 아니었다.

"하는 수 없지. 올해는 수입으로 버텨 보자고. 내년에는 반드시 작황이 살아날 테니까."

"식량 수입을 추진할까요?"

"추수기에 식량이 가장 싸니까 바로 추진해. 가능하면 국내에서 잉여 식량을 매입하고 안 되면 해외에서 수입하자고."

"예, 영주님."

"그리고 수확된 밀 중에서 1만 포대 정도만 준비시키도록."

"예? 따로 쓰실 곳이 있습니까?"

"탈곡기와 분쇄기가 완성됐으니 시험은 해 봐야 하지 않겠나."

그날 밤, 제론은 영지 정원에서 작은 파티를 열었다.
 빛깔 좋은 삼겹살이 환상적인 마블링을 뽐냈다.
 소주도 꺼냈고, 이제 수확이 되기 시작한 양파와 마늘까지 모두 준비하고 나니 한국에서 종종 즐기던 삼겹살 파티를 연상케 했다.
 여기에 박 노인의 쉘터에서 가져온 김치와 고추장, 된장까지.
 강씨 부녀는 이 엄청난 수준(?)의 상차림을 보며 혀를 내둘렀다.
 "이게 대체……. 뭔가?"
 "뜻 깊은 날이니 제대로 준비를 했다네. 어때? 한국에서 가든파티를 할 때가 생각나지 않나?"

"하하하! 진정 그렇군."

사실 제론조차 이런 호사를 누려도 될지 의아할 지경이었다.

삼겹살에 소주라니.

이 미친 조합에 눈이 돌아가지 않으면 한국 남자가 아닐 것이다.

박 노인이 미소를 지으며 된장찌개를 준비했다.

"아직 놀라기는 이르다네. 자네들, 고춧가루 맛본 지가 얼마나 됐나?"

"스승님, 고춧가루를 그냥 먹을 수도 없는 노릇인데, 찌개에 넣는다는 것이 가당키나 했겠습니까?"

"오늘 한번 누려 보시게."

제론 역시 개인적으로는 된장찌개에 고춧가루를 푸는 걸 선호했다.

칼칼한 된장찌개가 들어간다고 생각하니 간만에 입이 호강을 하게 생겼다.

숯불이 잘 달궈졌고 그 위에 뚝배기가 하나 올라갔다.

팔팔 끓고 있는 구수한 된장 냄새.

청국장이었으면 더 좋겠지만, 지금껏 파밍하며 청국장은 못 봤다.

치이익!

돌판에 올라가는 삼겹살.

지글지글 겉면이 익기 시작하자 고소한 냄새가 사방으로 번졌다.

제론은 고기에 소금과 후추를 약간 쳤다.

채소는 상추만으로도 충분했다.

상추는 농업사에서 구한 것으로 정원에 심었더니, 너무 비슷하게 자라며 어마어마한 양이 며칠에 한 번 꼴로 수확되었다.

마늘과 양파, 쌈장까지 환상적인 조합이다.

소주까지 곁들이니 이만한 행복이 없었다.

한 잔을 마시기 전, 강유정이 물었다.

"이런 때에 영주님이 한 말씀 하셔야죠?"

"험험, 그럴까요?"

제론은 자리에서 일어났다.

그 역시 지금 이 순간, 형용할 수 없는 감정을 느꼈다.

하늘에 뜬 세 개의 달만 아니라면 멀쩡한 지구에서 삼겹살 파티를 벌이고 있다고 여겼을 것이다.

"지금까지 고생 많으셨습니다."

"……."

"그리고 앞으로 카렌 대륙에서 편안한 삶을 누릴 수 있기를 기원합니다."

간단한 축사에도 사람들의 눈동자가 붉어졌다.

박 노인은 이제야 모든 긴장이 풀리는지 살짝 휘청거리

기까지 했다.

제론은 한국에서 회식을 할 때처럼 선창했다.

"우리의 미래를!"

"위하여!"

다들 단숨에 소주를 넘겼다.

이런 안주에 술이 맛없다면 그게 더 이상한 일일 것이다.

순식간에 소주가 사라져 갔다.

그에 비하여 삼겹살은 남아돌았다.

한국인들의 삼겹살 사랑이 유별난 것이지, 사실 이 시대에도 귀족들에게는 그다지 인기가 없었다.

훈제 기술도 썩 발달하지 않은 곳이었으니 삼겹살은 일반 백성들이 어쩔 수 없이 먹는 고기였다.

이 때문인지 삼겹살 파티를 즐기는 제론 일행을 시녀들은 이해를 못 하겠다는 듯이 바라볼 뿐이었다.

소주가 세 병 정도 비워지자 다들 취기가 오르기 시작했다.

강씨가 제론의 어깨를 두드렸다.

"오늘 들었네. 물류 창고를 털려 한다고."

"유진 산업이라고, 밀 농장과 연계되어 있는 수출 회사지."

"우리 부녀도 돕겠네."

"뭐라고!? 그건 불가해."

"어째서?"

"나 혼자만으로도 충분하니까 그런 위험을 굳이 감수할 필요 없네."

"나는 자네 혼자 보내는 것이 더 불안해. 자네가 죽어 버리면 우리는 이곳에서 어찌 살아가겠는가?"

"그거야."

제론은 부정할 수 없었다.

그는 혼자 가는 것이 당연하다고 말했지만 제론이 죽는 순간 이들의 대우가 어떻게 달라질지는 뻔했다.

꼭 그런 이유가 아니더라도 강씨는 제론을 도우려 하였다.

"우리는 모두 자네에게 큰 빚을 졌다네. 그러니 은혜를 갚게 해 주게."

"아빠의 말이 맞아요. 혼자 가는 건 위험해요. 그래도 보조를 해 주는 사람이 있는 것이 낫지 않아요?"

"나 때문에 그 위험한 곳을······."

"어쩌다 한번이잖아요? 매일 그곳에서 꿈도 희망도 없던 때를 생각하면."

분위기가 다시 숙연해지려 하였다.

제론은 어쩔 수 없이 고개를 끄덕였다.

"좋습니다. 다들 그리 말씀을 하시니. 이번에 박 어르신 은신처에 있는 물건들을 다 옮겨 오면 유진 산업으로 향하겠습니다. 그 전까지 준비해 주세요."

"허허허! 진즉에 그리 나왔어야지."

"자네는 혼자가 아니야. 잊지 말게."

술자리는 깊어졌다.

카렌 대륙에서 태어나 처음으로 제론은 이제 사라져 없어진 줄 알았던 한국인의 정을 느꼈다.

본격적인 추수기가 시작됐다.

농노들의 구역에서는 시험적인 작물들이 자라거나 또 수확되고 있었으나, 일반 백성들은 대부분 토종 밀을 추수했다.

새벽부터 일어나 준비하여 품앗이를 나갔으며, 농부들은 바삐 움직여 하루라도 빨리 일을 끝내고 영지 사업에 참여하려 했다.

이는 새 영지 운동의 긍정적인 효과로, 많이 움직이며 더 많은 돈을 벌 수 있다는 데에서 오는 실행력이었다.

오늘도 품앗이를 위해 새벽같이 나와 일하고 있는 영지민 한스는 영지 내에 돌고 있는 소문을 전해 들었다.

"탈곡기가 기가 막힌다니깐? 기계에 집어넣으면 밀알이 우수수 떨어져. 이제 타작을 할 필요가 없다네."

"직접 타작을 할 필요가 없다고?"

"그렇다니까. 마법 기계인가 뭔가 하는 건데 밀을 가져가면 무상으로 밀알을 가져갈 수 있다네!"

"허! 그건 웬 거짓부렁인가? 영주님께서 공짜로 그런 일을 벌이신다고?"

"그렇다니깐?"

웅성웅성.

추수를 하고 있는 농부들은 온통 그 이야기뿐이었다.

'마법으로 움직이는 탈곡기라고?'

실로 놀라운 일이었다.

도대체 농민들이 뭐라고 영주가 직접 개발한 탈곡기를 무상으로 제공한다는 말인가?

이 시대 사람들의 입장에서 보면 귀족이 선정을 베푸는 것에는 정해진 선이라는 것이 있었다.

제론 페로우는 이미 세금을 40%로 고정했다.

이것만 해도 굉장히 선정을 베푸는 것이었는데, 작년에 흉작이 들었다고 영지에 여러 가지 사업을 일으켜 사람들이 먹고 살 수 있는 환경을 만들어 주었다.

가혹하게 수탈만 하지 않아도 좋은 영주임이 확실하였는데, 세율을 낮추고 사람들이 굶어 죽지 않도록 공공사업을 한다는 것은 단순한 선정을 뛰어 애민(愛民)에 가까웠다.

그것도 모자라 농민들의 일손을 줄여 주겠다니.

한스는 저도 모르게 혀를 내둘렀다.

"세상에 우리 영주님 같은 분이 또 어디에 있다는 말인가?"

"허허허, 아마 없을걸?"

한창 추수를 하고 있을 때였다. 공방에서 나온 장인들이 농지 한복판에 뭔가를 바쁘게 설치하기 시작했다.

이제 농민들은 장인들을 무시하지 않았다.

기술자들을 우대해야 영지가 잘살 수 있다는 영주의 기조에 따라 기술자들에 대한 차별을 법으로 금지시킨 것이다.

이것만큼은 제론 페로우도 매우 강경한 입장이라 그 은혜를 아는 사람들은 결코 장인을 함부로 대하지 않는 것이다.

이런 의도를 보이려 함인지 병사들은 장인들을 보조하며 움직였다.

탈곡기 설치가 끝나자 이들의 책임자인 레일라 경이 농민들을 한곳에 모았다.

"농민들은 들어라!"

그녀의 낭랑한 음성이 쩌렁쩌렁하게 울려 퍼졌다.

아무리 영주가 유연한 사람이라고 해도 신분제는 절대적인 법이었다.

그러니 기사가 여성이라고 하여 뻗대다가는 골로 가는 수가 있었다.

농민들이 허리를 조아리며 외쳤다.

"영주님의 명령에 따라 마을마다 수동 탈곡기를 설치한

다. 이건 간단히 우마를 이용해 탈곡할 수 있는 장치이며, 굳이 사람의 힘으로 탈곡할 필요가 없다. 자동 탈곡기는 영지에 총 3개가 설치되며, 그 위치는 지도에 표시한다. 분쇄기 역시 3개가 설치될 것이나 각 가정에서 필요한 만큼만 분쇄기 사용이 허락된다. 판매 용도로 사용하다 적발 시에는 사용권이 박탈되니 유념하도록."

웅성거림이 더욱 커졌다.

영주가 각 마을에 편의를 위하여 수동 탈곡기를 개발하여 설치한다는 뜻이었다.

자동 분쇄기도 무료로 이용이 가능하였으니, 실로 놀라운 혜택이 아닐 수 없었다.

밀가루를 내는 것도 굉장한 노동이 드는 것이니 무료로 밀을 갈아 판매하면 이익이 날 것이라는 사실은 충분히 알 수 있는 일.

그런 행위는 엄금한다는 것이 영주의 엄명이었다.

"또한 영주님께서는 각 가정의 삶의 질 향상을 위해 올해 세율을 40%에서 30%로 일시 인하하기로 결정하셨다. 내년에는 다시 세율이 40%로 오르겠지만, 춘궁기에는 일반 세율보다 낮추겠다는 영주님의 의지시다."

"와아아아!"

곳곳에서 환호성이 터져 나왔다.

그렇지 않아도 페로우 영지는 세율이 낮은 곳이었는데,

영주는 여기서 또 10%를 감면하기로 결정한 것이다.

레일라 경은 사람들의 함성이 잦아들기를 기다렸다.

병사들이 인상을 쓰며 조용히 하라고 다그치자 그제야 백성들의 소란이 멈췄다.

"마지막으로 너희들의 몫으로 생산된 밀은 전량 영지에서 수매할 수 있다. 가격은 현 시가이며 밀 값이 변동하여 올라간다면 전표를 가지고 있다가 제출해라. 판매가에 밀을 구매할 수 있게 될 것이다. 이 역시 밀을 전문적으로 관리하지 못하는 백성들을 위한 영주님의 결단이다. 괜히 관리 잘못해서 곡식을 썩게 하지 말고, 실버나 골드로 가지고 있도록. 이상으로 포고를 마치며 영지의 발전을 위해 불철주야 노력하는 너희들을 치하한다는 영주님의 말씀이다. 그 은혜에 보답하여 더욱 열심히 일하기를 바란다."

레일라 경은 할 말을 모두 마치고 돌아섰다.

"우와아아아!"

한스를 비롯한 모든 영지민들이 만세를 부르며 얼싸안았다.

지금도 영주는 과도한 은혜를 베풀고 있었는데, 이제는 과연 이렇게까지 보살핌을 받아도 되는 것인가 의아함까지 들었던 것이다.

그러나 귀족의 선언은 천금보다 무거운 법.

이 시대 귀족들은 수탈을 해도 거짓말은 하지 않았다.

"정말 살기 좋은 영지 아닌가! 우리 빨리빨리 추수하고 다음 주에는 공사에 참여하도록 하세!"

"그러세!"

레일라 경과 병사들은 이미 저 멀리 사라지고 있었다.

이 마을이 아니더라도 할 일이 많아 바빴던 탓이다.

하지만 영지에서 나온 하급 관료가 한 명 남아 탈곡기 앞에 서 있었다.

"각 마을에서 대표로 5명씩 나오게!"

"그건 왜 그렇습니까?"

"탈곡기를 사용하는 방법은 알아야 하지 않나?"

"아아!"

영지민들은 크게 깨달았다는 표정이었다.

덩그러니 탈곡기만 두고 갔다면 함부로 움직이다가 고장이 날 수도 있었다.

동력을 만들어 내는 회전판에 말이나 소를 연결하면 끝이다.

정 급할 때에는 사람들이 달라붙어 탈곡기를 움직일 수도 있었다.

마을에서 소 한 마리를 가져왔고, 천천히 움직이게 하자 탈곡기가 사정없이 밀알을 털어 냈다.

최소한 경력 수십 년 이상의 농부들도 그 광경을 보며 경악했다.

"끝내주는 성능인데!?"

영지 전체가 '빨리빨리'를 입에 달고 살았다.

관료들도 마찬가지였다.

어떻게든 빨리 레비온 자작령의 병탄 절차를 마치고 점령지에도 같은 정책을 추진하기 위해 노력했다.

제론이 가장 신경 쓰고 있는 부분은 점령지의 반란이었다.

백성들이야 제론을 지지하지 않을 이유가 없었지만, 점령지 호족들은 언제라도 가병을 일으켜 제론을 위협할 수 있었다.

이 때문에 다크 문의 전력이 구 레비온 자작령의 땅으로 대거 투입됐다.

레일라 경은 각 마을을 돌아다니며 제론의 명령을 포고

하는 한편으로 다크 문을 운영하는데 여념이 없었다.

"다크 문의 보고에 따르면 몇몇 호족들이 대대적으로 반항할 준비를 한다고 합니다."

"몇이나?"

"바이텐 준남작 가문과 아무르, 라젠 준남작 가문입니다."

"하……. 이 새끼들이 아직 정신을 못 차렸나? 그런데 반란도 아니고 반항?"

"가병을 일으켜 영주님과 협상을 할 모양입니다."

"쯧, 내가 그런 협박에 굴할 것이라고 생각했나."

"골치는 아플 수 있었겠지요."

"사전에 발견해서 다행이군."

"예상보다 다크 문의 저력이 뛰어났기에 가능한 일이었습니다."

제론은 고개를 끄덕였다.

선대에서부터 물려 내려온 정보 조직 다크 문은 여러 모로 쓸모가 있다는 사실을 증명하고 있었다.

이에 제론은 영지에 막대한 자금이 돌기 시작하자 다크 문에 대한 대대적인 투자를 감행하였다.

규모를 늘리고 북부 전체를 손에 넣을 수 있도록 무기와 자금을 지원했다.

지하 세계에서는 지하 세계의 용병이 존재하는 법.

대규모로 용병을 끌어들여 전쟁을 해 나가고 있으면서도 정보를 놓치지 않고 있었으니 과연 대단히 유용한 조직이었다.

"호족들은 어떻게 처리할까요?"

"뭘 어째? 쓸어버려야지."

"현명하신 판단입니다."

제론은 나름대로 호족들에게도 선정을 베풀었다.

결국 인재는 각 지방의 유력 가문에서 나오는 법이었기에 웬만하면 그들을 끌어안고 가려 한 것이다.

하지만 이런 식이면 제론도 더 이상은 참을 수가 없었다.

"가르시아 경을 불러와라."

"예!"

곧 연무장에서 수련을 하고 있던 가르시아 경이 땀범벅이 된 채로 들어왔다.

그럼에도 여전히 잘생긴 얼굴 아닌가.

시녀들이 얼굴을 붉히며 몽롱한 표정을 짓자 가르시아 경은 예쁜 시녀들에게는 윙크를 하며 자연스럽게 미소를 날려 주었다.

"꺄아악!"

그 광경에 제론은 절로 눈살을 찌푸렸다.

"교육시킬까요?"

"아무래도 그래야 할 것 같은데. 약발이 떨어진 모양이다."

아니꼬운 것은 레일라 경도 마찬가지였다.

대놓고 가르시아 경을 담가 버리겠다는 소리가 흘러나오자 놈은 아주 굳건한 기사의 자세로 돌아왔다.

"영주님! 페로우 가문의 충신이자 영주님의 충성스러운 부관인 가르시아, 명령을 받고 왔사옵니다!"

아예 한쪽 무릎까지 꿇는 가르시아 경.

제론은 혀를 찼다.

"너는 언젠가 코가 꿰어 골로 갈 거야. 사나운 마누라를 만나서 매일 바가지를 긁혀 봐야 정신을 차리지."

"아이고! 결혼은 남자의 무덤! 그런 일은 없사옵니다."

"영 내키지는 않지만 경이 호족 몇을 쓸어버려야겠다."

"그 동네에 또 무슨 일이 생겼습니까?"

"몇몇 호족들이 가병을 일으켜 협상을 시도할 모양이야."

"하! 어림도 없는 소리입니다!"

"네가 가서 박살을 내고 와라. 지금 제널드 경이나 제임스 경, 레일라 경은 바쁘거든."

"맡겨만 주십시오!"

제론은 가르시아에게 전권을 부여했다.

놈은 콧김을 씩씩 내뿜으며 자신감을 드러냈다.

그런 모습에 제론은 고개를 가로저었다.

"괜찮겠지?"

"……괜찮을 겁니다. 가르시아 경은 여자 문제만 아니라면 썩 괜찮은 기사니까요."

"그 여자에 환장한 특성은 언제 고쳐지려나."

"그건 불가능의 영역이 아닐까 싶습니다만……."

레일라 경은 가르시아 경의 동료 기사였지만 영 자신이 없게 말끝을 흐렸다.

탈곡기에 대한 영지민들의 반응은 호평 일색이었다.

공방과 가까운 곳에 전기를 연결하여 자동으로 탈곡을 해 주는 기계가 있긴 했지만 사실 탈곡기 3대로 영지 전체를 커버하기에는 무리가 있었다.

이제 페로우 영지는 두 배로 늘어난 상태.

이 때문에 수동 탈곡기를 고안하여 뿌린 것이다.

들려오는 소식에 따르면 우마를 이용한 탈곡기만 해도 일손이 엄청나게 줄었다고 한다.

탈곡기는 시험을 거쳐 구 레비온 자작령에도 보급될 것이다.

다만 레비온 자작령에는 문제가 있었다.

아직 본성이 페로우 가문의 영구적인 영토로 남을지는 알 수가 없는 상태다.

물론 제론은 이 역시도 곧 해결될 것이라고 생각했다.

세리아가 국왕에게도 뇌물을 썼고 여기저기 쏘다니며 인

맥을 쌓아 놓았으니 조만간 소식이 올 것이다.

분쇄기는 설치 중에 있었고, 점령지의 호족들이 설치는 문제는 가르시아 경을 보냈으니 해결할 것이다.

영지의 발전은 순조로웠으나 역시 문제는 붉은 오크 토벌이었다.

페로우 영지는 항상 북부의 바바리안이나 붉은 오크들에게 시달려 왔다.

바바리안은 교역으로 해결했지만, 붉은 오크들은 대화가 통하지 않는 놈들이니 이번 기회에 아예 씨를 말려 버릴 작정이었다.

페로우 영지 사령부.

제론이 사령부를 방문하자 영지 최고위 기사 둘이 군례를 취했다.

영지의 천인장들로 임명된 제임스 경과 제널드 경이었다.

"찾으셨습니까, 영주님!"

"영주님을 뵙습니다."

젊은 기사들에 비해서는 다소 딱딱한 느낌이 있었지만 이 두 명이야말로 영지를 떠받드는 기둥이었다.

제론은 현황부터 점검했다.

"제임스 경, 내일 출병에는 문제없나?"

"총병력 1천과 기사 30명으로 구성된 토벌대가 대기 중에 있습니다. 외출 외박을 금지하였으며 현재 보급 중입니다."

"제널드 경, 보급 상황은?"

"순조롭사옵니다. 이번에 선조님들의 도우심으로 레비온 자작가를 병탄하여 엄청난 양의 전리품이 돌기 시작하였으니 오히려 넉넉할 지경이옵니다."

역시나 순조롭다.

가르시아 경에게 호족 문제를 맡긴 것은 모두 이 넉넉한 사정 때문이었다.

병력 자체가 늘어난 것도 한몫했다.

현재 페로우 영지의 총병력은 2천으로 1천은 출격 대기 중이었고, 500은 가르시아 경이 호족들을 치는데 동원될 예정이었다.

나머지 500명은 영지의 치안을 담당하게 될 것이다.

"이번 붉은 오크 토벌은 토벌이되, 토벌이 아니다."

"예?"

"복안이 있으신 모양이옵니다."

"바바리안들과 새롭게 편입된 병사들, 기사들에게 공포심을 심어 주는 것이 목적이지."

"오호."

두 기사가 눈을 반짝였다.

페로우 영지는 다소 불안한 형국을 유지하고 있는 것이

사실이었다.

 북부 바바리안들은 조용했지만, 페로우 영지가 너무 약하다 싶으면 다른 마음을 먹을 가능성도 배제할 수 없었다.

 그 무식한 놈들과 계속 평화를 유지할 수 있을 것이라는 자만은 버려야 한다.

 새롭게 편입된 병력도 마찬가지.

 1천이 편입된 것이었기에 그들이 마음만 먹으면 반란도 가능했다.

 물론 제론의 뒤에 중앙 귀족들이 버티고 있어 쉽게 반란은 일어나지 않겠지만, 그 싹을 원천적으로 잘라 버리는 것이 중요했다.

 "붉은 오크 본진은 수호룡의 가호로 단숨에 쓸어버릴 것이야."

 "최대한 모든 장면을 병사들이 볼 수 있도록 하겠습니다."

 "좋아. 바바리안 용병들은?"

 "오늘 저녁에 도착하여 영지 밖에서 주둔할 예정입니다."

 제론은 이번 토벌로 세 마리 토끼를 잡을 작정이었다.

 바바리안과 편입된 병력에 공포를 주는 것이 첫 번째.

 기존 페로우 병사들의 사기를 올리는 것이 두 번째.

 붉은 오크 자체를 뿌리 뽑아 버리는 것이 세 번째 목표였다.

페로우 영지 외곽.

수도 브란시아에서 출발한 쾌속선이 하네스 영지에 닿은 것은 3일 전이었다.

세리아는 하네스 백작에게 들러 선물을 전달한 후에 곧바로 마차를 타고 달려 오늘에서야 페로우 영지에 닿을 수 있었다.

그녀는 바둑판처럼 잘 정리되어 있는 농지를 보며 감탄을 감추지 못했다.

"몇 달 사이에 이렇게까지 발전했어?"

"새 영지 운동이 잘 이루어지고 있다는 증거네요."

"성벽은 또 어떻고?"

세리아와 그녀의 부관인 릴리스는 감탄에 감탄을 거듭했다.

지금 페로우 영지는 하루가 다르게 변화하고 있었다.

새 영지 운동으로 인하여 영지민들의 사고방식이 변하였기에 이는 현지인들에겐 당연한 일이었지만 가끔 방문하는 사람들에게는 놀라움을 선사했다.

잘 정리된 농지에 바이칼 호수에서 끌어들인 수로들이 골고루 퍼져 있었다.

이제 물이 모자라 농사를 망치는 일은 일어나지 않을 것이다.

그 밖에도 곳곳에 저수지들이 만들어지고 있었다.

이는 홍수와 가뭄 모두를 대비하기 위한 조치였다.

세리아는 그 광경을 보며 제론 페로우의 전략을 유추했다.

"영주님께서는 상업을 중시하시지만 자급자족 체제의 완성을 추구하시는 거야. 외부의 곡식에 의지하게 되면 어느 순간에는 아사자가 속출하거든."

"맞는 말씀입니다."

페로우 영지가 이렇게까지 빠르게 발전하게 된 것은 올해 들어서다.

작년까지만 해도 빈민가에는 굶어 죽는 사람들 때문에 매일 송장을 치워야 했다.

마을에는 전염병도 심심치 않게 돌았으며, 바바리안과 붉은 오크들의 공격까지, 난국도 이런 총체적인 난국이 없었다.

그러나 제론 페로우가 영주가 된 이후에는 천지가 개벽하는 속도로 변화하고 있는 것이다.

"문제는 이렇게까지 빠르게 영지가 발전하면 제후들이 경각심을 가질 수도 있다는 건데."

세리아는 몇 달이나 수도에서 지냈고, 중앙 귀족들이 가지고 있는 성향을 어느 정도 파악했다.

그들은 말만 귀족이지 하나같이 욕심에 의해 움직이는 작자들이었다.

제론이 뇌물을 써서 인맥을 다지기는 했지만 그 뇌물이 떨어지면 도움 따위는 바라기 힘들다.

지금은 최대한 비상하여 중앙에 올라가는 뇌물을 많이 줄여야 했다.

세리아는 본성 성문 앞에 이르렀다.

족히 20미터는 되어 보이는 압도적인 높이의 성벽이었다.

놀라운 것은 여전히 성벽이 완성된 것은 아니라는 점이다.

성벽 여기저기에 기중기가 설치되어 있었으며, 거대한 석재들이 하나씩 올라가고 있었다.

성벽 위의 영지민들은 조금 아슬아슬하다 싶을 정도로 빠르게 뛰어다녔는데 다들 일을 못 해서 환장한 사람들 같았다.

'사람들이 저렇게 열심이 일하니 영지가 개벽할 정도로 바뀔 수밖에.'

영지 개발 계획이 마무리되면 도대체 어떤 영지가 탄생할지 벌써부터 기대가 됐다.

성문을 지키는 병사들의 군기도 바짝 들어 있었다.

이는 병사들의 근무 행태가 매일 평가되기에 일어나는 일이었다.

근무 평가는 인사 고과에 영향을 미치며 진급에도 민감하게 작용한다.

진급을 하면 계급이 높아지는 것은 물론 녹봉도 높아지기에 병사들은 최대한 절도 있게 행동하였다.

병사들이 세리아의 얼굴을 알아보고는 먼저 인사했다.

"충! 세리아 님을 뵙습니다."

"어……. 왜 저한테 존대를 하세요?"

"세리아 님을 정식 가신으로 봉한다는 영주님의 명령이 있으셨습니다!"

"와아! 정말!?"

세리아는 병사들의 호위까지 받으며 영지에 입성하였다.

영지 안쪽의 발전상은 더욱 엄청났다.

세리아는 천지개벽에 가까운 영지 내부를 두 눈에 담으며 지금껏 정성스럽게 보관한 국왕의 밀서를 쓰다듬었다.

"이거 정말 국왕의 말대로 되는 것 아니야?"

제론은 영주성 앞에서 세리아를 환대해 주었다.

바쁘게 영지 일을 처리하고 있던 가신들까지 모여서 그녀를 마중 나오자 세리아는 어안이 벙벙할 지경이었다.

"어……. 안녕하세요, 영주님!"

"어서 와라. 정말 고생 많았다."

"세리아 경! 환영하오."

"이거 너무 부담되는데요? 제가 뭐 대단한 일을 한 것도 아니고요."

"하하하! 수도를 다 뒤집어 놓고 한 것이 없다는데?"

"역시 카바인 가문 사람들은 겸손하군요."

정말로 세리아는 자신이 수도에서 한 일은 없다고 생각했다.

그녀의 모든 업적은 뛰어난 선물(?) 덕분이었으며, 귀족들을 사로잡는 것도 어렵지 않았다.

하지만 이건 결코 운으로 되는 것만이 아니었다.

운도 운이지만 세리아가 가지고 있는 매력과 언변, 기술 등이 종합되어 이런 결과를 만들어 낸 것이다.

제론은 그런 사실을 잘 알았기에 세리아를 정식 가신으로 받아들였다.

'이런 인재를 부려 먹지 않는 것은 손해지.'

세리아는 단순히 상재만 있는 것이 아니라 외교술도 뛰어났다.

이 시대에 외교관이 따로 있는 것은 아니었지만, 세리아 정도라면 외교에 관련된 부분을 전담해도 괜찮다는 생각이 들었다.

"자자, 들어가자고. 세리아 양이 왔으니 수도에서의 성공담을 들어 보아야지?"

가신들의 얼굴에 화색이 돌았다.

워낙 바쁘게 일들을 처리하다 보니 휴식이 간절히 필요하였는데, 그걸 세리아가 만들어 주었기 때문이다.

영주성 회의실에 간단한 다과가 준비됐다.

제론의 생각 같아서는 연회라도 열고 싶었지만, 그럴 수 있는 상황이 아니었다.

내일 붉은 오크를 토벌해야 한다. 지휘관이라는 사람들이 술을 퍼마시면 병사들의 눈에 어떻게 비춰질지 뻔했다.

제론은 세리아에게 양해를 구했다.

"연회를 못 열어 미안하군."

"아니에요! 왜 저 같은 것 때문에 영주님께서 사과를 하시나요?"

"아직 경은 자신의 가치를 잘 모르는 것 같은데?"

"어떤 가신 분이 갔어도 충분히 이와 같은 성과를 얻었을 것이라고 봐요."

"그건 결코 아니야."

세리아가 이루어 낸 성과는 단순하지 않았다.

뇌물의 질이 뛰어나다고 해도 그걸 포장하여 어느 정도의 성과를 내는지는 사람에 따라 다르다.

세리아는 이번에 최대의 성과를 냈다.

"중앙의 각계각층 인사들이 도움을 주는 것은 물론, 국왕과도 친분을 다졌지. 국왕의 힘이 아니었다면 이렇게 빨리 레비온 자작가를 병탄할 수는 없었을 거야."

"그거야."

"겸손도 좋지만 너무 자신을 깎아 내리지 말라고, 세리아 경."

"네……."

"세리아 경은 외교를 전담하게 될 거야. 영지 외교관이 되는 거지."

"외교관이요?"

"여기에 더하여 영지 개발청의 부관으로도 임명한다."

"가, 감사합니다."

그녀는 여전히 어리둥절했다.

이어지는 덕담들.

가신들은 칭찬 일색이었는데 이런 분위기가 적응되지 않았던지 그녀는 화제를 전환시켰다.

"제가 수도에서 국왕 폐하를 알현했잖아요?"

"그렇지?"

"폐하께서 한 가지 제안을 하시면서 영주님께 이 서신을 전달하라고 하셨어요."

"……!"

웃고 있던 제론과 가신들의 얼굴이 살짝 굳었다.

국왕의 제안?

일개 귀족도 아니고 이 나라의 주인이 하는 제안이 평범할 리 없었다.

기왕 귀족으로 태어났으니 권력과 가까이하는 것도 좋았지만 고위층 인사와 잘못 엮이면 가문이 몰락하는 것은 순식간이었다.

  권력자와의 관계는 조심스럽게 만들어 나갈 필요가 있는 것이다.

  제론은 왕가의 인장으로 밀봉된 서신을 받아 들었다.

  유려하게 드러난 필체.

  무려 국왕의 친필 서신이었다.

  친애하는 페로우 경.

  최근 경의 활약으로 왕국 북부는 안정됐고, 아국은 대전쟁을 계획할 수 있게 되었네.

  왕국 내부에서는 전쟁에 대한 움직임이 가속화되고 있는 추세이며, 아마도 내년 봄 정도에는 개전이 될 거라고 보네.

  금년 겨울에 선전 포고가 이루어질 것이니 추수가 끝나면 대전쟁을 대비하여 군대를 모으고 출정을 준비하게.

  …중략…

  과인이 이렇게 경에게 서신을 보낸 것은 거래를 제안하기 위함일세.

  경이 왕가에 유물을 기증한다면 그 공로로 상호 도움을 주는 관계를 구축할 수 있네.

  자세한 이야기는 세리아 경에게 듣도록 하게.

  경과 페로우 가문의 앞날에 무궁한 영광이 있기를 바라며.

"허."

제론은 탄성을 내뱉었다.

서신의 내용은 이 나라의 지배자가 보낸 것이라고는 볼 수 없을 정도로 정중했다.

가신들은 서신의 내용을 굉장히 궁금해했다.

무슨 내용이기에 국왕이 세리아의 편을 통해 보냈을까?

제론은 서신을 공개했다.

그걸 읽어 내려가던 가신들의 동공에 지진이 일어났다.

"허어."

"세리아 경! 도대체 무슨 제안이기에?"

다들 제론과 비슷한 반응이었다.

사람들의 시선이 세리아에게 쏠리자 그녀는 매력적인 미소를 지으며 설명했다.

"이번에 영주님이 국왕께 보낸 명화가 마음에 들었던 모양이에요. 폐하께서는 그걸 유물급이라고 정의하셨고, 왕가에 유물들을 기증하면 대전쟁 이후 백작 위를 하사하겠다고 제안을 하신 거예요."

"뭣이!?"

"가문의 성세를 회복해 주겠다고 약속하신 건가!?"

"어디까지나 영주님께서 받아들이신다는 조건하에서죠."

'미친! 그깟 프린팅 액자가 유물로 둔갑을 하더니 가문

의 성세까지 회복을 시켜 준다고!?'

당사자인 제론조차 놀랄 지경이었다.

강유정 역시 놀랍다는 듯이 말했다.

"설마 모나리자를 말하는 건 아니겠죠?"

"맞는 것 같은데?"

"유물이라면 모조품을 이야기하는 것일 테고, 대충 창고에 박혀 있는 것들을 가져다준다면."

"작위는 확정이지."

웅성웅성.

가신들의 얼굴에 화색이 돌았다.

한국어였지만 뉘앙스에서 매우 긍정적인 힘이 느껴졌기 때문이다.

"세리아, 폐하께서 정확하게 유물 몇 점을 원했나?"

"15점이에요."

"확실히 유물 15점을 왕가에 귀속시키면 국왕의 큰 치적이 됩니다. 폐하의 수명이 얼마 남지 않았으니 죽기 전에 업적을 남기려는 것이겠죠."

레일라 경이 명쾌하게 상황을 정리해 주었다.

제론은 이 제안을 받아들이기로 했다.

고작 창고의 유물 따위로 국왕의 힘을 빌릴 수 있다면 얼마든지 그럴 터였다.

말은 유물이지만 지구에서는 모조품으로 취급되는 것이

대부분이었으니까.

"20점을 바치자고."

"좋은 거래가 될 것 같군요!"

"축하드립니다, 영주님!"

가신들은 매우 기뻐했다.

대귀족이 된다는 것은 휘하에 제후를 거느릴 수 있다는 것을 의미하였다.

영토는 팽창할 것이며 영지민들을 채울 수만 있다면 페로우 영지가 과거의 성세를 회복하는 것도 충분히 가능했다.

"세리아 경, 다른 조건은 없었나?"

"물론 있었어요. 이번 전쟁에 큰 공을 세워야 한다는 조건을 달았죠."

"큰 공이라……. 애매한데?"

"누구든 그 공을 인정할 수밖에 없는 정도의 전공 말이에요. 그런 업적을 쌓는다면 폐하께서 직접 움직이신다고."

"음."

가신들은 각자 계산에 들어갔다.

국왕의 조건을 받아들이는 것이 이익일까?

대전쟁에서 공을 세우지 못한다면 이 약속은 없던 일이 되는 것이다. 그리되면 제론의 일방적인 손해였다.

그러나 제론의 생각은 달랐다.

"우리는 반드시 큰 공을 세울 수 있다. 그러니 걱정 말도록."

"이번 전쟁에서 최소한 3천의 병력은 동원해야 해요. 그래야 전선 한쪽을 맡길 수 있다고도 하셨어요."

국왕은 대전쟁에도 깊게 관여할 생각인 것 같았다.

결심을 굳힌 제론은 바로 제임스 경에게 명령을 내렸다.

"제임스 경, 지금 바로 병력 1천을 모집하여 훈련에 들어가도록."

"예!"

문제 될 것은 없다.

영지에 막대한 자금이 돌고 있었으므로 이제 날개를 펴고 비상해야 할 때였다.

야심한 밤.

영지는 깊은 잠에 빠져 있었다.

붉은 오크 토벌을 위한 출병이 내일이었기에 일찍 준비를 마치고 빠르게 일과를 종료한 것이다.

그것은 샤를렌도 마찬가지였다.

다크 문의 특수 공작원에서 정보부 요직에까지 이른 그녀.

정보부 간부가 되었으니 할 일도 그만큼 늘었다.

내일도 토벌에 동원되어 수색이나 여러 가지 임무에 투입될 것이었다.
　등잔을 끄고 잠에 들려는데 손님이 찾아왔다.
　"샤를렌 경."
　"레일라 경께서 여긴 어쩐 일이세요?"
　"내일 영주님께서 특수 작전을 계획하셨다. 응할 생각이 있다면 따라나서라."
　"바로 가겠습니다."
　샤를렌은 말없이 채비했다.
　영주는 그녀에게 기회를 주고자 하는 것이었다.
　레일라의 말투를 보아하니 만약 샤를렌이 거절하면 이번 작전은 다른 사람에게 넘어갈 것이 틀림없었다.
　'이건 또 다른 기회야.'
　정보부 간부로 활동하고 있는 그녀였다.
　여기서 공을 더 쌓으면 정보부 부수장의 위치까지 올라갈 수 있을지도 모른다.
　좀 더 고생해서 정보부 수장이 될 수 있다면.
　제론이 백작이 되었을 때 신분 상승의 꿈을 이룰 수 있을 것이다.
　"준비를 마쳤습니다."
　"가지."
　두 여자는 어둠에 휩싸인 영지를 가로질렀다.

민가는 고요했지만 대로변에는 곳곳에 등불이 걸려 주변을 밝히고 있었다.

순찰을 하는 경비병들도 보였다.

경비병들은 레일라와 샤를렌을 보고 다가왔다가 그들의 신분을 확인하고는 바로 경계를 풀였다.

"충!"

"고생한다."

절도 있는 동작으로 사라지는 병사들.

내일 토벌에는 병력이 1천이나 동원되고 보조적으로 바바리안 용병도 투입된다고 한다.

최근 100년 안에 페로우 영지에서 몬스터 토벌로 이만한 병력을 동원한 사례는 없었다.

그만큼 이번 대 페로우 영주의 능력이 뛰어나다고 봐야 하는 것이다.

영주성의 경비도 철통같았다.

당직 기사가 성문을 책임지고 있었으며 내부에는 꽤 많은 경비 병력이 돌아다녔다.

영주성으로 들어온 그들은 집무실에 이르렀다.

똑똑.

"들어와."

여전히 제론 페로우는 일하고 있는 중이었다.

가신들의 말에 의하면 매일 새벽이 되어서야 겨우 잠이

든다고 했다.

페로우 영지의 영주야말로 극한 직업이 따로 없었다.

샤를렌은 집무실 책상 앞에 서서 군례를 취했다.

"영주님을 뵙습니다!"

"샤를렌 경, 나는 경의 능력을 높게 평가한다. 경은 고작 정보부 간부에 머물 인재가 아니야."

"노, 높게 평가해 주셔서 감사합니다!"

"허나 뛰어난 인재라고 해도 공을 세워야 높은 곳에 이를 수 있는 법. 내일 특수 작전에 목숨을 걸어야 하는데 할 수 있겠나?"

"할 수 있습니다!"

"잘 생각해 보고 답해야 한다. 진정 목숨을 걸어야 하는 일이니."

"각오했습니다."

샤를렌은 진심이었다.

어찌 목숨조차 걸지 않은 채로 영지의 고위급 인사가 될 수 있을까.

내심 그녀의 이런 반응을 기대했던지 영주는 흡족하게 고개를 끄덕였다.

"좋아. 이번 작전에 성공하면 바로 정보부 부수장으로 올리겠다. 곧 대전쟁이니 그곳에서 공을 세우면 정보부 수장이 될 수도 있겠지."

"최, 최선을 다하겠습니다."

영주는 내일 작전에 대해 설명했다.

야밤에 오크 부락으로 직접 침투하여 뭔가를 설치하고 나오는 것이었는데, 지정된 장소에 물건을 10개나 설치해야 하는 고난이도 작업이었다.

혼자 하는 것은 아니었고 공작원 세 명과 함께한다.

실로 위험천만해 보이는 작전이었으나 샤를렌은 제안을 바로 받아들였다.

대낮도 아니고 새벽 무렵이라면 충분히 성공할 수 있다는 판단이 섰기 때문이다.

다만 이쯤 되니 드는 궁금증이 있었다.

"하온데 영주님, 오크 부락에 설치하는 물건이 무엇인지요?"

"그래, 경은 알 자격이 있지. 물건의 명칭은 폭탄이라고 한다."

"폭탄……이요?"

말 그대로 폭발하는 물건이라고 하는데, 샤를렌의 상식으로는 도저히 그 원리가 무엇인지 유추해 낼 수가 없었다.

다음 날 새벽.

오늘 출병을 한다고 해서 새 영지 운동이 중지되는 건 아니다.

닭이 울자마자 목청 좋은 병사들이 각지에 설치된 망루에 올라 새 영지 노래를 불렀다.

잠들어 있던 영지가 깨어나기 시작했다.

단 두 시간 취침했던 제론도 그건 마찬가지.

노랫소리에 깨어난 제론은 일찍부터 레일라 경의 방문을 받았다.

원래 이렇게 하나하나 챙기는 것은 가르시아 경의 역할이었는데, 그는 지금 구 레비온 영지의 호족들을 터느라 파병을 나가 있었다.

"영주님, 바바리안들이 어제 새벽에 도착하여 영지 밖에 주둔 중에 있습니다."

"그래? 얼마나 왔나."

"전사 200명입니다."

"그리 많지는 않군."

"이번에는 참전이 아니라 정찰의 의도가 강해 보입니다."

"그럴 테지."

제론은 고개를 끄덕였다.

이미 영지 사람들은 바바리안의 세력이 굉장히 크다는 것을 알고 있었다.

단순히 북부 곳곳에 흩어져 부락을 이루며 사는 줄 알았던 놈들이 대설원에 근거지를 두고 대형 세력을 형성했다.

이는 명백히 정보의 중요성을 간과한 왕국의 실책이었다.

몇 세대 전에 진즉 토벌했으면 이렇게까지 성장하지는 않았을 것이다.

다행히 바바리안들은 사방팔방으로 약탈을 다니느라 병력을 한곳에 집중하지는 않았다. 하지만 페로우 영지가 약한 면모를 보인다면 협정을 파기하고 대규모로 침공할 수도 있었다.

이에 제론은 놈들이 감히 영지로 침공할 엄두도 내지 못

할 만큼 충격과 공포를 선사할 예정이었다.

"그리고 가르시아 경에게도 전서구가 날아왔습니다."

"뭐라던가?"

"오늘 아침에 3대 호족을 모조리 쓸어버리겠다고 합니다."

"아침에?"

"예, 영지민들이 활동을 시작할 때 대놓고 쳐들어간 후에 쓸어 내겠다고."

"역시 대담한 놈."

"나쁘지 않은 방법이죠."

제론은 고개를 끄덕였다.

고작 호족 따위야 페로우 영지 정규군이 있으면 쉽게 쓸어버릴 수 있을 것이다.

미스릴이 섞인 무구와 석궁으로 무장한 병력이었으니 그들을 쓸어 내지 못한다는 가정은 할 수 없었다.

"짜식이. 정말로 여자 문제만 아니면 차기 기사단장으로도 손색이 없는 놈인데."

"전에 영주님께서 말씀하신 대로 어디 사고라도 쳐야 정신을 차리지 않을까 싶습니다."

"부디 그런 날이 오도록 빌어 보자고."

페로우 영지에서 출정식이 거행되고 있을 무렵.

레비온 본성에서도 병력이 움직일 준비를 하고 있었다.

페로우 영지 정규군 500명과 기사 10명이 동원되어 영지를 가로지르고 있다.

웅성웅성.

하루를 시작한 영지민들은 대규모 병력이 무리 지어 모습을 드러내자 좌우로 갈라지며 길을 텄다.

잔뜩 차갑게 가라앉은 분위기.

영지민들은 기사들이 지나가자 수군거렸다.

"도대체 무슨 일이래?"

"토벌이라도 가려는 것 아닐까?"

"설마 그놈들을 쓸어 내려는 건가?"

레비온 자작령은 영주 가문도 문제였지만, 휘하 가신 가문들도 수탈을 일삼으며 많은 문제를 만들어 냈다.

영지 자체는 부유했었지만 영지민들이 가난했던 것은 바로 그런 탐관오리들이 도처에 깔려 있었기 때문이다.

이번에 많은 탐관오리들이 숙청되었으나 전통적인 호족 가문들은 여전히 살아남아 위세를 부렸다.

영지민들은 그런 호족들이 설치는 것을 영 못마땅해했다.

죄의 크기로 따지면 이번에 숙청된 다른 호족 못지않았던 것이다.

"차라리 다 죽어 버렸으면."

그들의 바람이 하늘에 닿은 것일까.

토벌군 사령관 가르시아 경은 바이텐 가문의 저택을 포위하고 쩌렁쩌렁하게 외쳤다.
　"켈로우 바이텐 준남작! 너를 반역 혐의로 체포한다! 순순히 체포에 응하지 않는다면 반역죄로 다스릴 것이야!"
　워낙에 가르시아 경의 목청이 좋아 구경을 나온 영지민들이 충분히 들을 정도였다.
　전투가 벌어지기 직전.
　바이텐 준남작도 페로우 영주가 이런 식으로 대담하게 나올 줄은 몰랐는지 채비를 갖추기도 전에 포위를 당해 버렸다.
　지금도 허둥지둥 갑옷을 갖추어 입는 가병들의 모습이 포착된다.
　저택 안에서 기사 비슷한 복장을 갖춘 남자가 튀어나왔다.
　"가르시아 경! 도대체 이 무슨 무례요! 당신들이 영지를 병탄하였다고 해도 우리는 대대로 이 땅에 뿌리박고 살아온 호족 가문! 이런 식으로 핍박할 수는 없소이다!"
　"이 새끼가 혀가 짧네? 내가 네 친구냐?"
　"하! 기사라는 사람이 체통을 지켜야……."
　서-걱!
　"……!"
　푸하하학!

가르시아 경은 단숨에 검을 뽑아 입을 나불거리는 가병의 목을 베어 버렸다.

피가 사방으로 튀었다.

이제야 바이텐 가문의 가병들은 이게 장난이 아니라는 사실을 깨달았다.

반란을 한다는 소문만 돌아도 사람이 죽어 나가는 것이 바로 이 시대였다.

레비온 자작령은 정당하게 왕실의 제가를 받아 페로우 가문이 병탄하였다.

그러니 최소한 페로우 자작령으로 선포된 구역에서는 제론 페로우가 왕처럼 군림할 수 있다는 뜻이었다.

"너희들은 백성들을 수탈해 왔으며 최근에는 반역을 모의했다. 이것은 이 땅의 정당한 통치자이신 제론 페로우 자작님의 권위를 무시하는 일인 바, 죽어 마땅한 중죄이다. 바르텐 준남작은 지금 당장 나와 체포에 응하라! 5분 안에 나오지 않는다면 멸문할 것이야!"

가르시아 경의 목소리가 더욱 쩌렁쩌렁하게 울려 퍼졌다.

가르시아 경이 준 시간은 5분.

영지민들의 시선도 바르텐 가문에 쏠렸다.

과연 그들은 어떤 선택을 내릴 것인가.

바이텐 준남작의 저택.

준남작은 지금 벌어지고 있는 상황을 테라스에서 다 보고 있었다.

"빌어먹을! 계획이 도대체 어디서 샌 것이냐!"

"……."

가병들은 말이 없었다.

사실 바이텐 준남작은 반란까지 일으킬 생각은 없었다.

그저 페로우 자작과 협상을 통하여 권리를 좀 더 보장받았으면 했다.

그런 이유로 무력시위를 계획하였다.

문제는 그게 사전에 다 들통이 나서 진노한 페로우 자작이 군대를 보냈다는 점이다.

준남작의 부관은 마땅히 고개를 숙여야 한다고 봤다.

"준남작님! 시간이 없습니다! 그냥 나가시죠?"

"하! 그런다고 우리를 살려 줄까?"

"그거야 모르지만 이대로 죽을 수는 없지 않습니까?"

장담할 수 없다.

제론 페로우가 독하게 마음먹었다면 가병은 몰라도 가문의 사람들은 모두 죽일 것이었다.

바깥에서 울리는 쩌렁쩌렁한 목소리.

"5분 안에 나오지 않는다면 멸문할 것이야!"

가병들의 몸이 굳었다.

권력을 유지하길 원하는 바이텐 준남작이었으나 가병들은 그런 것을 원하지 않았다.

　그저 살아남기 위해 가병이 된 것이 아닌가?

　5분은 생각보다 짧다.

　바이텐 준남작은 테라스로 나와 가르시아 경에게 외쳤다.

　"협상을 원한다!"

　"1분 남았다!"

　"협상을 원한다고!"

　"……."

　페로우 영지군은 묵묵부답이었다.

　'제길! 좀 더 빨리 알아챘다면 망명이라도 준비했을 것 아닌가!'

　그러나 이미 늦었다.

　다른 수를 쓰려 했다면 좀 더 빠르게 움직였어야 한다.

　1분이 지나자 가르시아 경이 진입했다.

　"무기를 버리지 않은 자, 참수한다! 쓸어버려라!"

　"와아아아!"

　페로우 영지군이 정말로 밀려오기 시작했다.

　가병들은 어리바리하다가 목이 베였다.

　그리고 잠시 후.

　핑핑핑핑!

저택 쪽으로 화살이 수도 없이 빗발치기 시작했다.

"준남작님! 피하셔야……. 끄아악!"

부관의 목이 꿰뚫리며 피를 울컥울컥 쏟아 냈다.

실로 석궁의 위력은 어마어마했다.

도저히 이해되지 않을 정도로 파괴력이 월등하여 맞는 순간 튕겨 나가 벽에 고정되기도 하였다.

정원에서 싸우던 가병들은 모조리 무릎 꿇려졌다.

월등한 무기와 실력을 가진 페로우 영지군이 수백이었다.

상대가 될 리가 만무했다.

잠시 후.

기사들이 진입하여 순식간에 저택 안으로 짓쳐들어왔다.

그 선두에는 미친 듯이 검을 휘두르는 가르시아 경이 보였다.

피투성이가 된 혈인.

당연히 본인의 피는 아닐 것이다.

쨍그랑!

가병들은 그 살벌한 광경을 목격하고는 바로 무기를 버렸다.

바이텐 준남작의 몸이 덜덜 떨렸다.

실수라도 무릎을 꿇지 않은 자들은 페로우 영지군이 가차 없이 처단하였다.

절제된 움직임, 어마어마한 군기, 강력한 무기까지.

도저히 상대가 되지 않았다.

"하, 항복! 항복합니다!"

바이텐 준남작은 무릎을 꿇고 머리를 조아렸다.

가르시아 경의 전략은 적중했다.

뭔가 판단을 내릴 사이도 없이 찔러 들어왔으며 가병들은 권위로 찍어 눌렀다.

여기서 검을 들이대면 자신들뿐만이 아니라 가족들도 죽을 수 있다는 사실을 알았기 때문에 가병들은 혼란스러워했다.

저벅저벅.

피로 인해 진득해진 카펫.

강철 장화에 피가 달라붙어 질척거리는 소리가 굉장히 살벌했다.

척.

가르시아 경은 바이텐 준남작의 목에 칼을 들이댔다.

슬쩍 목이 베이자 바이텐은 소스라치게 놀랐다.

"항복……!"

서-걱.

가르시아 경은 가차 없이 바이텐 준남작의 목을 잘라 버렸다.

바닥에 떨어져 구르는 머리통은 여전히 무슨 상황인지 인지하지 못했다.

가르시아 경은 그 모습을 보며 코웃음을 쳤다.

"이미 늦었다. 기회를 주었을 때 잡았어야지. 물론 노예가 됐겠지만."

가르시아 경의 뒤를 쫓아 우르르 달려 들어온 부하 기사들은 이미 끝난 상황에 혀를 내둘렀다.

가르시아 경이 여자 문제로 평판이 깎여 나가기는 했지만 능력 있는 기사라는 사실은 부정할 수가 없었던 것이다.

"모가지는 창대에 꽂는다. 그리고 다음 가문을 방문하자고."

"예!"

페로우 영지군이 진입했다는 소식은 순식간에 도시 전체를 강타하였다.

토벌군 사령관 가르시아는 딱 5분의 시간을 주고 답이 없자 가문 자체를 멸문시켜 버렸다.

바이텐 준남작은 그 자리에서 참수되었으며, 그 목을 창대에 꽂은 후 진군하고 있다고 했다.

그 다음 타깃이 된 아무르 준남작은 집무실에 앉아 벌벌 떨었다.

"비, 빌어먹을! 그 무식한 놈이 재판도 없이 참수했다고!?"

"영주에게서 그런 명령이 내려왔다고 합니다!"

"가병들은?"

"항복한 자들은 도시 경비대에 체포되어 끌려가고, 반항하자는 자들은 모조리 죽이고, 그 가족들은 노예가 될 예정이랍니다."

"하……! 페로우 자작, 이 인간이 진정 미쳤나! 우리들은 호족 아닌가! 이리 잔인하게 손을 쓰다니!"

"……."

준남작의 가신들은 할 말을 찾지 못했다.

애초에 새로운 지배자에게 항의한다는 계획 자체가 미친 짓이었다.

바짝 엎드려 있어도 부족할 판국에 무장 봉기를 할 계획을 세웠으니 페로우 자작이 어떻게 나올지는 뻔했다.

이 멍청한 호족들은 그걸 인지하지 못하고 일을 저질렀다.

이건 모두 페로우 자작이 온건한 영주라는 소문을 듣고 계획한 일이었다. 협상이 가능하다고 본 것이다.

하지만 아무리 온건해도 제후는 제후 아닌가.

그 권위를 조금이라도 손상시키려 한다면 쓸어버리는 것이 맞았다.

잠시 후, 바깥에서 쩌렁쩌렁한 목소리가 울려 퍼졌다.

"아무르 준남작! 죄를 인정하고 체포에 응하라! 5분 주겠다."

공포의 5분.

아무르 준남작은 바이텐 준남작과 같은 꼴을 당하기는

싫었다.

그는 바로 바깥으로 뛰쳐나가 가르시아의 발치에 무릎을 꿇었다.

"살려 주십시오! 결코 불순한 의도는 아니었습니다!"

아무르 준남작에게 악귀와 같은 얼굴이 다가왔다.

가르시아의 잘생긴 얼굴은 피에 완전히 절어 오히려 공포감마저 선사했다.

환하게 웃는 악마.

"살려는 드릴게."

페로우 영지 북서부 외곽.

아침 일찍 출발한 토벌군은 영지의 한계선을 넘었다.

여기서부터는 레인저의 영역이다.

드문드문 초소가 존재하기는 하였으나 주둔을 위함이 아닌 레인저들이 쉬어 가기 위한 휴게소에 가깝다.

제론은 영지의 레인저들과 조우했다.

"영주님을 뵙습니다! 레인저 수색 대장 한슨이라고 하옵니다."

"불철주야 수고가 많다."

"아닙니다. 저희들의 노고를 알아주시니 감읍할 따름입니다."

"잠시 이곳에서 식사를 하고 이동할 것이다. 나누어야

할 이야기가 있으니 참석하도록."

"명을 받듭니다!"

제론은 페로우 산맥을 타기 전에 잠시 휴식할 것을 명했다.

사람이 먹어야 움직일 것이니 쉴 수 있을 때 쉬어야 한다.

페로우 산맥 베이스캠프까지는 반나절이 걸렸기에 든든하게 먹어야만 등산을 할 수 있는 것이다.

경계를 위한 최소한의 병력을 제외하고는 전부 휴식에 들어갔다.

다소 쌀쌀하게 느껴지는 날씨.

완연한 가을이었고, 곧 있으면 산맥에 눈이 쏟아질 것이다.

제론은 든든하게 병사들을 먹이기 위해 고기를 준비해 왔다.

전투에 들어가는 내일은 몰라도 오늘만큼은 고기를 먹여 체력을 비축하게 했다.

이 시대 요리가 얼마나 형편없는지 잘 알고 있었던 제론은 영지에서 아예 훈제를 해 온 고기를 배급했다.

공병들이 간단하게 주변 나무를 이용해 식탁을 만들었고, 그 위에 먹음직스러운 고기가 올려졌다.

제론은 수색 대장을 불러 이야기를 나누었다.

"최근 붉은 오크들의 동향이 어떠한가?"

"놈들은 대규모 침공을 준비하고 있습니다. 일명 오크 영웅이 출현하여 하나로 뭉치는 중이며 그 숫자가 물경 3

천에 이릅니다."

"3천이라니!"

웅성웅성.

주변이 술렁거렸다.

사실 여기까지는 제론도 예상하지 못했다.

기껏해야 몬스터의 숫자가 1~2천 정도라고 생각했었으니까.

수색 대장은 매우 죄송스럽다는 표정을 지었다.

"그렇게 모인 것이 어제입니다. 보고를 올렸으나 도착하지 않은 모양입니다."

"그렇군."

그러나 제론은 담담했다.

그 숫자에 살짝 놀라기는 했지만 감당 못 할 수준은 아니었다.

그저 계획을 조금 수정할 필요가 있었다.

"지도는?"

"여기 있습니다."

산맥 너머 거대한 분지에 붉은 오크 부락들이 산재되어 있었다.

그중 오크 영웅은 가장 좋은 땅을 차지하고 있었고, 하나씩 정복하여 통일을 한 모양이었다.

제임스 경이 다소 경직된 얼굴로 물었다.

"영주님, 이만하면 총력전이 되어야 하지 않겠습니까? 차라리 가르시아 경이 복귀하기를 기다리시는 것이 어떻습니까?"

"그럼 늦는다."

"하다못해 수비를 하는 것은."

"붉은 오크 놈들은 설마 우리가 쳐들어올 것이라고는 생각지 못할 거야. 한슨 경이 해 주어야 할 일은 산맥에 분포하는 붉은 오크들의 연락을 끊어 내는 것이다. 할 수 있겠나?"

"맡겨만 주십시오!"

레인저가 괜히 레인저가 아닌 것이다.

특히 레인저 수색대는 병사들조차 준기사에 달할 만큼이나 어마어마한 실력을 갖추고 있었다.

대규모 활동을 저지하는 것이 어렵지, 연락병을 사냥하는 것은 손쉬운 일이었다.

제론은 최신판(?) 지도를 머리에 담았다.

이건 대충 지세만 살펴보는 정도였고, 산 정상에 올라가면 망원경만 사용해도 충분히 지형을 숙지할 수 있었다.

"이만하면 됐다. 이번에 신무기를 선보일 것이니 그리 걱정할 필요 없다. 괜히 병사들 사기가 떨어지니 붉은 오크의 규모에 대해서는 함구하도록."

"예!"

제론은 최대한 기사들이 긴장하지 않도록 독려하였다.

군 지휘관들인 기사들의 사기가 떨어지면 반드시 군 전체가 흔들릴 것이기 때문이다.

토벌군 바바리안 진영.
검은 곰 부족의 라막 족장은 여러 부족에서 전사들을 추려 왔다.
전부 최정예 전사들이었으며, 통상적으로 용병들이 받는 급료를 벌기 위해 왔던 것이다.
명분은 그랬지만 라막 족장의 내심은 그게 아니었다.
'이렇게 풍족한 영지인데 차라리 약탈을 하는 것이 낫지 않을까?'
새벽에 도착한 라막 족장은 영주의 초대로 아침 식사를 함께했었다.
영지에 들어와 본 번영이 아직도 잊히지 않았다.
추수기에 들어간 영지는 매일 어마어마한 양의 곡식이 쌓여 가고 있었다.
창고마다 밀이 꽉꽉 들어찼으며 축사에서는 살찐 가축들이 넘쳐났다.
페로우 영지를 완전히 털어 낼 수 있다면 아마 바바리안들이 1년은 먹을 수 있는 식량을 비축할 수 있을 터였다.
지금까지도 페로우 영지와 교역을 하던 바바리안들은 욕심을 키워 가고 있는 중이었다.

이만한 자금력을 가진 영지라면 그냥 터는 것이 어떠냐고 족장 회의에서 말이 많았다.
　그걸 반대한 사람이 라막이었다.

　[무턱대고 쳐들어가는 것은 옳지 않소.]
　[흥! 우리 바바리안들은 용감한 전사들이다! 힘으로 보여주면 될 일!]
　[정찰을 하고 결정해야지. 마침 이번에 페로우 영지에서 붉은 오크를 토벌한다고 용병을 요청하였으니 각 부족에서 소수의 인원만 추려 보내시오!]
　[그들의 힘을 가늠해 보겠다는 건가?]
　[그렇소.]

　바바리안 내에서는 페로우 영지를 털자는 쪽이 반, 굳이 황금알을 낳는 거위의 배를 가를 필요가 없다는 쪽이 반이었다.
　반대론자들은 장기적인 돈벌이 수단 이외에도 높은 성벽을 넘어가는 것이 부담스럽다고 말했다.
　분위기가 험악해지자 라막이 나서서 상황을 정리했다.

　[이 이야기는 뒤로 미룹시다. 그들의 힘이 어떤지 직접 보면 될 일. 각 부족에서 전사들을 보내라는 것이 바로 그

런 말이외다. 그들이 증인이 될 것이니.]

[좋다! 오늘의 이야기는 추후 논하도록 하자!]

라막은 그렇게 바바리안 족장들을 진정시켰다.

'멍청한 것들. 페로우 영지의 방어력을 생각해야지. 무턱대고 들어가자고? 바보 같은 짓이야.'

라막이 생각에 잠겨 있을 때, 부관들이 배급을 받아 왔다.

애초에 페로우 자작과 계약을 할 때, 보급은 영지 측에서 전담하기로 했었다.

이 때문에 바바리안들은 홀가분하게 진군할 수 있었던 것이다.

돌아갈 때에는 받은 급료로 식량을 구입하면 될 것이니, 아예 식량 자체를 많이 가져오지 않았다.

부관들은 막대한 양의 고기를 받아 왔다.

"아니, 이게 대체 뭔가?"

"병사들과 같은 수준의 배식이라는데요?"

"허어, 이렇게 많은 고기를 배식해?"

"먹고 모자라면 더 달랍니다. 정말 통이 큰 놈들입니다."

전사들은 좋다고 고기를 먹어 대고 있었지만 라막의 생각은 달랐다.

'역시 페로우 영지는 부유한 곳이야. 이제 놈들의 실력을 봐야겠지.'

전투는 내일 아침에 시작될 것이다.

만약 페로우 영지에서 시원치 않은 모습을 보여 준다면 그들은 침공을 피해 갈 수 없을 것이다.

점심을 먹은 후 전군은 천천히 페로우 산맥을 등반했다.

오늘의 목표는 산맥 정상에 가깝게 진군하는 것.

내일은 붉은 오크들의 눈을 피해 해가 뜨기 전 기습할 것이었으므로 체력의 분배가 그 어떤 요소보다 중요했다.

제법 완만해 보이는 산맥이라고 해도 6시간 정도는 올라가야 했다.

휘이잉.

다소 차갑게 느껴지는 바람.

물론 한겨울 지구에 비하면 춥다고 말할 수도 없었다.

산 전체를 물들이고 있는 단풍, 대자연이 내뿜는 다량의 산소까지.

많은 병력이 제론을 보호하고 있었기에 이곳에서의 등산은 지구와는 확연하게 달랐다.

지구에서는 어디에서 뭐가 튀어나올지 알 수가 없어 마음을 졸였다면 여기서는 정말 편안하게 등반할 수 있는 것이다.

제론은 가끔 시원한 물도 마셔 가며 걸음을 옮겼다.

이렇게 산책하며 올라가는 제론의 모습에 라막 족장이

혀를 내두르며 물었다.

"긴장되지 않나?"

"내가 왜 그래야 하는데?"

"몬스터들이 언제 나타날지 알 수 없으니까."

"병사들을 믿기에 긴장되지 않는다."

"······그런가?"

아직 라막은 이해하지 못할 것이다.

어째서 제론이 이렇게까지 긴장감 없이 움직일 수 있는지 말이다.

사실 이 정도 전력이면 몬스터와 평야에서 회전을 치러도 밀리지 않을 자신이 있었다.

다만 오크 따위에 영지 병력을 손실시키기가 싫어 기습을 하려는 것이었다.

"너희들은 우리 영지군을 어찌 생각하나."

"······정예롭다고 생각한다."

"좀 현실적으로. 피지컬에서 밀린다고 여기지 않나."

"사실은 그렇다."

라막은 순순히 인정했다.

기본적으로 체격 조건은 바바리안이 월등하게 유리하였다.

그러나 페로우 영지군은 좋은 무구로 무장했고, 평소의 훈련도 강하게 받는 편이다.

술을 먹고 허구한 날 싸우는 바바리안과는 달랐다.

아직 라막은 그 점을 인지하지 못하고 있는 것 같았지만 곧 생각이 바뀌게 될 것이다.

삐이익!

전방에서 피리 부는 소리가 들렸다.

이 고주파 피리는 수백 미터 떨어진 곳에서도 들을 수 있게 설계되어 있었는데, 나름 아툰 왕국에서는 자랑으로 생각하는 물건이었다.

피리 소리가 들리자마자 기사들이 병사들을 독려하며 지휘했다.

"방패병 앞으로!"

척! 척!

병사들은 마치 자로 잰 것 같은 움직임을 보여 주었다.

일선의 방패병들이 전신을 가리는 방패로 무장하고 있었고, 뒤에서는 창병들이 장창을 앞으로 내밀었다.

3선에서는 그 둘의 자세를 붙잡아 주며 보조했다.

전원 미스릴 방패로 무장하고 있었기에 푸른빛으로 번쩍거렸다.

"취이익!"

수십 마리의 붉은 오크들이 밀려오고 있었다.

이는 앞서 나간 레인저들이 붉은 오크들을 이쪽으로 밀어 넣기에 발생하는 일이다.

대열은 순식간에 놈들을 포위해 가고 있었다.

"방패 열어."

척! 척!

방패병들은 순식간에 방패를 열어 3열에서 석궁을 발사할 수 있도록 했다.

핑핑핑!

퍼억! 퍼억!

"꾸엑!"

"꾸에에엑!"

"……!"

화살에 맞은 오크들이 뒤로 쭉 밀려났다.

라막 족장은 생각보다 막강한 석궁의 위력에 혀를 내둘렀다.

"저건…… 뭐지?"

"우리 왕국이 보편적으로 사용하는 활이다."

"활이 저 정도의 파괴력을 낸다고?"

"너희들은 그렇지 않은가?"

"으음."

라막은 낮은 침음을 흘렸다.

물론 기계식 석궁이 왕국 보편 활이라는 것은 거짓말이었다.

한 자루를 만드는데 들어가는 노동력을 생각하면 왕국 전체 보급은 꿈도 꿀 수 없었다.

가능하다고 해도 제론이 그럴 이유는 없었지만.

라막을 착각하게 만드는 것이 목적이었다.

제론의 예상대로 라막의 생각은 조금씩 바뀌어 가고 있었다.

'저런 무기로 왕국군 전체가 무장했다니! 놈들이 작정하면 우리 바바리안을 토벌할 수도 있겠구나.'

그러면서도 고개를 저었다.

라막에게 혼란이 찾아온 것이다.

전투는 계속해서 진행됐다.

석궁 발사 때문에 잠시 열렸던 방패벽이 닫혔고, 그나마 달려오던 오크들은 장창에 맞아 죽었다.

이것으로 전투는 간단하게 끝났다.

장창 역시 바바리안의 기술력으로는 만들어 낼 수 없는 무기.

생각보다 장창을 만드는데 비용과 기술력이 많이 들어갔다.

라막은 원거리나 마찬가지의 거리에서 학살된 오크들을 보며 혀를 내둘렀다.

"나는……. 우리 바바리안 진영으로 돌아가겠다."

"그러든지."

뒤를 돌아서는 라막의 머리가 꽤 복잡해 보였다.

제임스 경이 그 모습을 보더니 웃었다.

"내심 우리 영지가 만만하다 여기고 있었는데, 그렇지

않아 심경이 복잡한 모양입니다."

"지금은 단순히 복잡한 정도이지만 내일이 되면 침공 자체를 생각하지 못하게 될 것이야."

제론이 원하는 것은 충격과 공포.

내일의 전투가 바바리안들에게 교훈이 되어 주기를 바랄 뿐이었다.

해가 저물어 갈 무렵.

페로우 영지군은 산 정상 부근에 이르러 진군을 멈추었다.

산맥을 완전히 넘어가게 되면 붉은 오크들의 눈에도 발각될 수 있었기에 이쯤에서 막사를 치고 자정까지 시간을 보내기로 했다.

다행히도 오늘 날씨는 매우 맑았다.

하늘에는 커다란 3개의 보름달이 떴기에 이만하면 야밤에 산을 타고 내려가도 별문제는 발생하지 않을 것이다.

펄럭! 펄럭!

산맥 분지에 자리를 잡았다지만 지대가 높아 바람이 강하게 불었다.

막사가 사정없이 흔들리고 냉기가 꽤 스며들었다.

지금은 가을.

초겨울만 되었어도 이런 식으로 기습을 가하는 작전은 불가능했을 것이다.

영지군은 식사를 마치고 전원 휴식에 들어갔다.

취침에 들어가든 밤을 새우든 그건 병사 개인의 판단에 따른다.

지휘관들은 굳이 병사들에게 잠을 자라고 다그치지 않았다.

잠시 앉아 정좌를 하고 있던 제론은 오늘 작전에 동원되는 샤를렌의 방문을 받았다.

"영주님, 샤를렌 조장입니다."

"들어오도록."

샤를렌은 온통 검은 옷을 입은 상태였다.

그녀와 함께하는 공작원들도 있었다.

이번 작전에 동원되는 공작원은 총 셋.

붉은 오크 진영에 직접 침투하여 폭탄을 설치하는 것이었기에 숫자가 많으면 오히려 발각될 우려가 컸다.

그들은 작은 가방 하나씩을 메고 있었다.

제론은 플라스틱 통 같은 것을 요원들에게 3개씩 나누어 주었다.

조장인 샤를렌은 4개를 받았다.

제론이 준 것은 일명 클레모아라고 불리는 대인 지뢰였다.

강씨가 살았던 쉘터 부근 군용 트럭에서 발견한 클레모아들.

M-18 클레모아는 살상 거리가 전방 50미터 정도 되었

지만 파편이 비산하는 거리는 무려 250m에 달한다.

적들이 뭉쳐 있는 경우라면 수백을 살상하는 것은 우습다.

전방 50미터 안의 생명체는 죄다 죽는다고 봐야 하고, 사정거리 안에 들어와 있는 적도 무사하지 못한다.

클레모아에는 700개에 달하는 쇠구슬이 들어 있다.

10개나 되는 클레모아가 한꺼번에 폭발한다면 오크들의 주둔지가 어떻게 변할지는 충분히 짐작할 수 있었다.

"명심해라. 그게 터지기라도 하면 살아남을 수 없다. 반드시 전방으로 향하게 설치해야 한다."

제론은 지도를 펴고 정확하게 어떤 위치들에 클레모아를 설치해야 할지 표시해 주었다.

설명을 듣던 샤를렌은 생각보다는 임무가 어렵지 않다는 것을 깨달았다.

"깊게 침투하는 것은 아니었군요."

"그럴 필요까지는 없다. 그저 놈들의 목책을 넘고 외곽에 설치하도록. 대략 500m 안의 적들은 모조리 쓸려 나간다고 보면 되기에 위험하지 않는 선까지만 들어가라."

"……!"

샤를렌과 조원들은 상상을 초월하는 위력에 놀람을 드러냈다.

클레모아가 터지는 순간 내부는 초토화가 될 것이다.

작전 설명은 이것으로 끝났다.

"제군들의 무운을 빈다."
"반드시 성공하겠습니다!"

밤이 깊었으나 특작 부대 요원들의 움직임에는 거침이 없었다.

사륵! 사르륵!

다들 특수 교육을 수료한 것은 물론이고 정보부 내에서도 가장 평가가 좋은 요원들을 선발했다.

이번 작전에 성공하고 난 이후 보상이 높았기에 공작원들은 열정적이기까지 했다.

샤를렌과 요원들은 두 시간 만에 산맥을 내려와 붉은 오크 부락의 주둔지를 내려다봤다.

어설프지만 목책이 둘러져 있었으며 곳곳에 오크 전사들이 경비를 섰다.

다만 이게 정상적인 경비는 아니다.

죄다 깊게 잠들어 있었으니까.

이 어처구니없는 모습에 샤를렌과 조원들은 고개를 갸웃거렸다.

"저럴 거면 대체 뭐 하러 경비를 서는 거지?"

"체계가 잡혀 있지 않은 모양입니다. 게다가 여기까지 인간이 쳐들어올 것이라고는 생각지도 못했을 테고요."

"그렇겠지?"

샤를렌과 요원들은 다소 힘이 빠질 지경이었다.

주둔지에 작은 성벽이라도 둘렀을 것이라고 생각했으나 목책도 어설퍼서 무너지기 직전이었다.

이 때문에 오크들이 목책 위로 많이 올라갈 수 없는 것이다.

"그럼 들어가자고."

목책 중에서도 허술한 부분이 꽤나 있었다.

목책 위가 텅텅 비어 있었으며 주변을 정찰하는 오크들도 없었다.

요원들은 별다른 제지 없이 목책을 무사히 통과하여 안쪽으로 진입하였다.

목책에서 수십 미터 떨어진 곳에 움막들이 즐비하였다.

그야말로 원시인들이나 쓰던 형태의 움막으로 그곳에서 오크들이 자거나 웃고 떠드는 놈들도 있었다.

너무 가까이 접근할 필요는 없다는 영주의 엄명이 있었다.

샤를렌은 요원들에게 수신호를 했다.

[여기서 갈라져 임무를 수행한다. 이후, 지정된 위치에 모인다.]

[예.]

[명심해라. 고립되는 상황이 온다면 서로 돕지 못할 수도 있다.]

요원들은 고개를 끄덕이고는 흩어졌다.

샤를렌은 최대한 적들에게 가까이 접근해 클레모아를 바닥에 고정시키고 수풀로 위장시켰다.

설치 자체는 매우 간단했다.

그냥 바닥에 내려놓아도 되지만 바람이 불어 넘어질 수도 있었고, 괜히 발에 치어 클레모아가 넘어질 수도 있었기에 이런 작업이 필요한 것이다.

사박. 사박.

'경비인가?'

촤아아아!

수풀로 시원한 물줄기가 뿜어졌다.

경비를 서러 온 것이 아니라 볼일을 보러 온 모양이었다.

샤를렌은 엎드려 위기를 모면했다.

바닥에 잡초들이 무성하여 충분히 위장이 됐다. 지금은 야밤이기도 했고 오크들이 신경을 써서 순찰하는 것도 아니었기에 가능한 일이다.

그녀는 클레모아를 모두 설치한 후 바로 몸을 뺐다.

적진으로 침투하여 클레모아를 설치하고 나오는데 걸린 시간은 기껏해야 30분 남짓이었다.

잠시 기다리자 요원들이 산맥 아래에 모두 도착했다. 그제야 갑갑한 복면을 벗었다.

"후아! 조장님, 정말 우리가 임무에 성공한 것 맞습니까?"
"지정한 장소에 잘 설치하였나?"
"영주님께서 지정한 장소에 정확하게 설치했습니다."
"그럼 성공한 거야."
"그렇다고 보기에는 붉은 오크 놈들이 너무 어설퍼서 말이죠."
"그러니까 녀석들이 몬스터로 불리는 거겠지? 인간처럼 철저하다면 피지컬 좋은 몬스터들이 대륙을 지배했겠지."

애초에 실패한다는 것이 말이 되지 않는 작전이었다.

그들이 아니라 훈련을 잘 받은 병사들이라면 충분히 수행할 수 있었다.

고요하게 가라앉아 있는 대지.

샤를렌은 붉은 오크 주둔지를 한번 바라보다가 몸을 돌렸다.

"복귀한다!"

아침 해가 뜨기 직전.

제론은 경험상, 이 시간이 생명체가 가장 활동하기 힘든 때라는 것을 알고 있었다.

지구에서의 삶도 마찬가지였다.

약탈자들이 쉘터를 기습할 때는 항상 이 시간을 이용했다.

생각 없이 덤벼드는 약탈자들도 있었지만 머리가 있는

놈이라면 동트기 바로 전에 기습을 감행하여 손쉽게 생존자들을 쓸어버리는 것이다.

인간도 그렇지만 이는 몬스터들에게도 적용된다.

야행성이 아닌 이상 지금이 가장 몸이 무거울 터였다.

산속은 고요했다.

가끔 야행 동물들이나 대군의 출현에 화들짝 놀라 달아났고 몬스터들은 거의 존재하지 않았다.

몇몇 잠이 덜 깬 비몽사몽의 놈들을 가볍게 처리하며 산을 내려왔다.

정상 직전까지 등산할 때에는 6시간이 걸렸으나 내려갈 때는 두 시간 남짓이 걸렸다.

마침내 붉은 오크 주둔지가 보였다.

대규모 침공을 위하여 오크 영웅이 모아 놓은 군대였으며 놈들을 처리하고 나면 일방적인 학살이 시작될 것이다.

기습에 앞서 제론은 지휘관들을 불러들였다.

제임스 경과 제널드 경, 레일라 경이 각각 300명의 보병을 지휘하며 제론이 나머지 100명을 맡는다.

바바리안 족장인 라막이 200명의 전사들을 지휘하여 여기저기를 지원하는 역할을 맡기로 했다.

해가 뜨기 직전의 주변은 칠흑같이 어두웠다.

세 개의 달도 태양에 잡아먹혔다.

하늘에 별도 보이지 않았으며 대지는 고요하게 깨어날

준비를 했다.

제론은 지휘관들의 면면을 살폈다.

눈이 특별하게 좋지 않다면 물체를 식별하는 건 어려운 일.

제론은 마나의 축복을 받아 대낮만큼은 아니었지만 사람들의 얼굴을 구분할 정도는 됐다.

긴장하는 지휘관들.

예상보다 오크들의 규모가 크다는 것을 알았기에 여기서 잘못하면 많은 군대를 잃을 수도 있다고 보는 것이다.

"안배는 끝났다."

"……."

"맡은 바 임무에만 충실하다면 결코 어렵지 않은 토벌이 될 것이야. 병사들이 지나치게 흥분하는 것을 자제하도록 하고, 최대한 원거리에서 적들을 격살한다. 한 가지 명심해야 하는 것은 적들을 격파하는 것이 목적이 아니라는 점이다. 완전한 몰살이 전략적인 목표다."

페로우 영지 지휘관들은 긴장하면서도 이 사실을 받아들이며 고개를 끄덕였지만, 라막 족장은 좀처럼 믿기가 어려운 눈치였다.

아무리 페로우 영지군이 정예라고 해도 한 번의 토벌로 붉은 오크를 몰살시킬 수 있다고는 생각지 않았다.

그런 기색을 제론도 눈치챘다.

그러자 슬며시 올라가는 제론의 입꼬리.

클레모아가 한꺼번에 터질 때, 라막의 표정을 반드시 봐야겠다고 다짐하는 제론이었다.

페로우 영지군은 어렵지 않게 붉은 오크 주둔지를 포위하였다.

무려 천 명이 넘어가는 인원이 포위하기 위해 움직였음에도 불구하고 놈들은 움직이지 않았다.

포위는 성공적이었으나 라막 족장은 이 전략이 과연 유효할지에 대해서는 의문을 가졌다.

'패잔병들을 처리한다고? 괜히 각개 격파당하는 것 아닌가?'

무식한 전사들이야 아무런 생각이 없다지만 라막은 항상 전략을 생각하는 자였다.

붉은 오크는 일반적인 오크가 아니다.

놈들은 체격 조건도 좋았고 똑똑하기까지 했다.

어설프지만 목책을 세우고 경비까지 하는 모습을 봐도 알 수 있는 일이었다.

녹이 슬었지만 창이나 단도를 사용하기도 했고 가죽으로 만든 갑옷까지 걸친 놈들이 3천 마리나 갑자기 튀어나오면 아무리 강력한 군대라고 해도 뚫릴 수밖에 없었다.

라막은 실패할 수도 있겠다는 가정을 세우고 언제라도 도주할 수 있도록 주변 지형을 살폈다.

해가 이제 막 고개를 내미는 순간.

궁병들이 목책 너머로 화살을 날렸다.

핑핑핑핑!

쏴아아아!

동이 트기 시작함과 동시에 날아가는 화살은 태양 볕을 받아 반짝였다.

그리고 잠시 후 화살이 수직으로 낙하했다.

퍼버버벅!

"구에에엑!"

요란한 소리가 주둔지에서 울려 퍼졌다.

페로우 영지군은 몇 번이나 거듭하여 화살을 날렸다.

궁병들이 개인당 10발 이상은 날렸을 것이다.

임시 망루를 세우고 상황을 지켜보고 있던 제론 페로우는 두 번째 명령을 내렸다.

이는 곧 패잔병들이 쏟아질 것이니 준비를 하라는 뜻이었는데.

라막은 아직까지도 제론의 말이 허풍이라고만 여겼다.

'단숨에 놈들을 쓸어버릴 수 있다고? 수천이나 되는 몬스터를 한 번에 쓸어버릴 수 있는 힘을 가졌을 리가······.'

쿠아아아앙!

그러나 기절초풍할 광경이 눈앞에 펼쳐졌다.

집채만 한 화염 폭발이 곳곳에서 일어났고, 연달아 엄청난 굉음마저 퍼져 나갔다.

<u>드드드드!</u>

대지가 울리며 진동이 느껴졌다.

라막은 보았다.

어설프게 벌어진 목책 사이로 순식간에 붉은 오크들이 쓸려 나가는 장면을 말이다.

제론은 망루에서 내려와 라막과 바바리안들의 표정을 살폈다.

예상대로 그들은 입이 찢어질 듯이 벌리며 놀람을 감추지 못하였다.

경천동지할 위력에 놀라는 것은 페로우 영지군도 마찬가지였다.

거대한 폭발이 일어나 전방의 적들을 싹쓸이하는 광경은 좀처럼 볼 수 없는 진귀한 경험이었다.

놀란 오크들이 뛰쳐나오며 목책이 무너지자 그 참상은 더욱 똑똑히 드러났다.

원격으로 폭발한 클레모아가 10개였다.

유효 살상 거리는 50m 정도라지만 최대 사거리는 250m에 달한다.

각 클레모아마다 장전된 쇠구슬은 700개.

이런 클레모아가 10개였으니 총 7000개의 쇠구슬이 오크 주둔지를 덮친 것이라고 봐야 한다.

우왕좌왕하고 있는 놈들에게 무차별적으로 쏟아졌기에 유효 사거리에 있는 자들은 모조리 죽었다.

최대 사거리에 닿은 놈들은 부상을 입으며 바닥을 뒹굴었고, 녹색의 피가 사방에 점철되어 있었다.

그야말로 한 편의 지옥도.

인간들이 저렇게 죽었다면 충격이 꽤 컸겠지만 전부 몬스터들이라 병사들은 놀라기만 할 뿐, 트라우마가 나타나지는 않았다.

"자리를 지켜라!"

"예!"

놀란 것은 페로우 영지 지휘관들도 마찬가지였다.

다들 말은 하지 않고 있었지만 이 경천동지할 위력에 혀를 내두르고 있는 것이다.

'이건…… 마법인가?'

'도대체 무슨 무기인지 짐작조차 할 수 없구나!'

이런 무기가 전쟁에서 사용된다면 어떻게 될지 지휘관들은 생각해 보았다.

가신들은 어찌하여 제론이 대전쟁에서 반드시 전공을 세울 수 있다고 말했는지 이제야 이해하게 된 것이다.

"불화살을 쓰고 대기한다. 적들은 반드시 밖으로 쏟아질 것이니."

잠시 후.

부상 입은 오크들이 살아남기 위해 쏟아져 나오는 진풍경이 펼쳐졌다.

붉은 오크 주둔지.

며칠 안에 페로우 영지로 진군하려 하였던 붉은 오크들은 마른하늘에 날벼락을 맞았다.

해가 뜨는 동시에 화살이 쏟아졌던 것이다.

전투 준비가 전혀 되어 있지 않았던 붉은 오크들은 난리를 피우며 우왕좌왕했다.

그 소식은 오크 영웅 카록에게도 전해졌다.

그는 분노를 감추지 않았다.

"인간! 먼저 기습하다니!"

"대장! 놈들을 죽여야 한다!"

"바로 친다!"

"우오오오!"

기습은 당했으나 붉은 오크들의 사기는 높았다.

그들은 강함의 순서로 서열을 매긴다. 전투가 벌어졌다고 해서 두려워한다면 붉은 오크 전사가 될 자격이 없었다.

카록이 밖으로 나오자 화살이 빗발처럼 쏟아졌다.

전사들 역시 황급하게 병장기들을 챙겨 들고 기습하는 적들을 맞으려 하였다.

하지만 그때, 천지를 뒤덮는 폭음이 울려 퍼졌다.

고막이 찢어질 듯한 소리에 용감무쌍한 카록마저 놀라 몸이 굳어 버렸을 정도다.

잠시 후 벌어진 참상.

퍼버버벅!

"꾸엑!"

"끄아아악!"

비명 소리가 난무했다.

카록을 보좌하던 부관들은 모조리 쇠구슬에 맞아 쓰러졌다.

카록의 머리에도 쇠구슬이 날아와 튕겨져 나갔다.

카앙!

카록은 잠시 몸이 휘청거렸다.

투구를 쓰고 있지 않았다면 머리에 구멍이 났을 정도로 엄청난 충격이었다.

그가 쓴 투구는 인간들에게서 빼앗은 것으로 강철 재질이었다. 이 때문에 버틴 것이다.

고작 가죽 따위를 쓰고 있는 오크들이 버틸 수 있을 리가 없었다.

곧 지옥과 같은 풍경이 펼쳐졌다.

순식간에 반 이상의 오크 전사들이 죽어 버렸으며, 차가운 대지에는 부상당한 전사들이 즐비하였다.

'이럴 수는 없다!'

카록은 싸움만 잘하는 것이 아니라 돌연변이에 가깝도록 머리도 좋았다.

절망적인 상황이었으나 어떻게든 돌파구를 찾아내려 노력하는 것이다.

저 멀리 적들이 포위하고 있는 광경이 눈에 들어왔다.

놈들은 활을 가지고 있었으며 전사들이 나가는 족족 쏴 죽였다.

어쩌다가 화살의 비를 뚫고 지나가면 방패병들이 막고 장창으로 찔러 댔다. 허접한 가죽은 장창의 날카로움을 견디지 못했다.

카록의 심장이 거칠게 뛰었다. 그러면서도 머리가 맹렬하게 회전했다.

이 판을 뒤집을 수 있는 방법이 없을까?

그때 카록의 눈에 화려한 갑옷을 입은 인간 남자가 눈에 들어왔다.

화려한 보랏빛 망토를 두르고 이런저런 명령을 내리고 있는 인간.

지금까지의 경험으로 보랏빛 망토는 귀족만 두를 수 있다는 것을 알고 있었던 카록은 계획을 즉석에서 수립했다.

"인간 귀족! 죽인다! 위대한 전사들이여, 내 곁을 수호하라!"

카록은 오크 전사 친위대를 불러들였다.

이들은 가죽 갑옷으로 무장하고 있는 일반 전사들에 비

하여 모두 철갑을 입은 정예 중 정예였다.

가뭄에 콩 나듯 구할 수 있는 인간 기사의 물건을 이만큼 착용시키는 것은 대단히 어려운 일이었다.

카록의 친위대는 그 자체만으로도 오크들에게는 권위의 상징으로 통했다.

총 열 명으로 이루어진 친위대가 카록을 둘러쌌다.

"가자! 저놈을 죽여야 한다!"

"우오오!"

카록은 친위대를 방패로 삼아 전진했다.

호기롭게 나아가던 카록의 얼굴이 기괴하게 일그러졌다.

퍼억!

"꾸엑!"

퍼어억!

"커어억!"

친위대 전사들이 하나씩 절명하기 시작한 것이다.

녹색 피가 튀며 사방에 피비린내가 진동했다.

마침내 카록이 방패병들이 있는 곳에 도착했을 때에는 모든 친위대를 잃은 후였다.

그는 거칠게 포효하며 날뛰었다.

쾅!

인간 방패병들은 잠시 당황하여 방패를 날려 먹기도 했다.

장창은 부러뜨리고 검은 쳐 냈다.

그 와중에 화살이 날아와 몇 대 박히기는 하였지만 치명상은 아니었다.

마침내, 인간 귀족의 목소리가 울려 퍼졌다.

"비켜라!"

좌우로 갈라지는 방패병.

보랏빛 망토를 입은 청년이 나타났다.

비릿하게 치켜 올라간 입꼬리, 오만한 표정까지.

이 청년은 철저하게 오크족을 무시하고 있었다.

사방에서 메아리치는 동족의 비명 소리까지 겹쳐지자 카록의 눈이 뒤집혀 버렸다.

"죽인다아아아!"

그때, 생전 본 적도 없는 조악한 무기가 카록의 머리에 조준되었다.

철컥.

귀족 청년이 하얀 이를 드러내며 씩 웃었다.

"체크메이트."

제론이 원하는 것은 이런 철저한 유린이었다.

예상대로 오크들은 우왕좌왕하며 죽어 갔고 계획대로 이루어지고 있었다.

그러나 불굴의 의지를 가진 오크 영웅 때문에 내심 놀라는 중이었다.

"여기까지 오다니, 제법인데?"

동족이 모조리 죽어 나가는 상황이었으니 본능적으로 도주를 택했어야 정상인데, 어떻게든 전황을 뒤집어 보고자 여기까지 뚫고 온 것이다.

제론이 위험해 보이자 기사들이 바로 만류했다.

"영주님! 저희들이 상대하겠습니다!"

"물러나라!"

"하오나!"

"오크 따위는 내 몸에 옷깃 하나 댈 수 없다. 나를 믿어라."

그제야 기사들이 물러났다.

제론이 이렇게 말할 때에는 그만한 이유가 있을 거라 생각한 것이다.

눈앞에 녹색 피를 뚝뚝 흘리고 있는 오크 영웅이 그르렁거렸다.

숨은 거칠었고 화살도 몇 대 박혀 있었지만 그 의지는 꺾이지 않았다. 비록 몬스터에 불과했지만 불굴의 정신만큼은 높게 살 만했다.

'인간으로 태어났다면 위대한 전사가 됐을지도 모르겠지만.'

"죽어라!"

오크 영웅이 맹렬하게 달려왔다.

제론은 리볼버로 놈의 미간을 쏴 버렸다.

타앙!

철퍽!

"……."

그걸로 끝이다.

제아무리 거대한 덩치를 가지고 있다고 해도 변이체처럼 실드를 사용하지 못하는 이상, 총알을 막는다는 것은 불가능한 일이었다.

투구 아래 미간으로 작은 구멍이 났다.

머리가 뚫린 오크 영웅은 무너졌고 그대로 일어나지 못했다.

그와 동시에 퍼져 나가는 감탄사.

"허어."

"도대체 저건 무슨?"

"공방에서 만들어 낸 신무기가 아닐까요?"

웅성웅성.

페로우 영지의 지휘관들이나 바바리안, 구 레비온 자작령의 기사 할 것 없이 전부 충격을 받았다.

그들은 경천동지할 위력의 클레모아를 보았고, 방금 전에는 오크 영웅이 접근조차 하지 못한 채 머리가 뚫려 버렸다.

제론이 슬쩍 눈을 돌려 라막 족장을 바라봤다.

그는 몸을 떨며 그 어떤 말도 꺼내지 못했다.

이 전투에 참여한 자들이라면 제론에게 반항한다는 것이 무의미한 짓이라는 것을 깨달았을 것이다.

아군에게는 충성을 유발시키고 이제 막 편입되었거나 동맹 관계에 있는 자들에게는 충격과 공포를 선사했다.
이것으로 제론은 목적을 달성했다.
"오크 영웅의 머리를 잘라 창대에 걸어라!"
"예!"
토벌은 끝났다.

정오가 다 되어 갈 무렵.
토벌 자체는 한 시간도 걸리지 않았지만, 잔당을 처리하고 오크 부상병들을 죽이는 것이 일이었다.
놈들은 인간들에게서 빼앗은 철기를 사용했기에 여기저기 널려 있는 전리품도 많았다.
전쟁은 언제나 전후 처리에 시간이 오래 걸리는 법.
오크 주둔지에는 병사들이 바삐 움직이며 명령을 수행했다.
제론은 가신들을 이끌고 한창 정리되어 가는 주둔지 내부를 걸었다.
찰팍! 찰팍!
걸을 때마다 녹색의 핏덩어리들이 눅진하게 장화에 달라붙었다.
바람에 따라 풍기는 피비린내.
인간의 피와는 냄새가 달랐지만 역한 것은 어쩔 수가 없었다.

주둔지 곳곳이 검에 그을려 있었다.

이는 마법이 아닌 화약 무기의 흔적이었다.

클레모아는 오크뿐만이 아니라 움막 형태의 주거지도 완전히 휩쓸어 버렸다.

오크들의 사체는 수레에 켜켜이 쌓이고 있다.

제임스 경은 그 광경을 보며 상당히 기뻐했다.

"영주님! 실로 엄청난 전리품입니다! 붉은 오크 가죽과 뼈는 제법 값이 나가니 살림에 보탬이 될 것입니다."

"전리품의 반은 거두어들이고 반은 분배하라."

"오오오!"

전후 처리에 동원되어 있던 병사들은 제론의 말을 주워듣고 환호했다.

사실 전투에 참여한 자들에게 전리품을 분배하는 것은 당연한 일이었다.

그러나 이 당연한 일을 하지 않아 욕을 얻어먹는 자들이 도처에 있는 것이 현실이었다.

주둔지의 정리도 끝을 향해 가자 제론은 라막 족장을 불러 한 가지를 확인하고자 했다.

호출이 있은 지 채 1분도 되지 않아 라막 족장이 달려왔다.

그의 태도는 처음과 다르게 매우 공손해져 있었다.

"찾으셨습니까?"

반말을 찍찍 하던 라막이 제론에게 존대를 했다.

그 모습에 아군 지휘관들은 슬며시 웃었다.

바바리안의 싸가지는 알아주는 편이었는데, 이번 한 번의 토벌전으로 인해 싹 치료가 돼 버린 것이다.

"라막, 어떻게 봤나?"

"……대단한 전투였습니다."

"그런 단순한 감상이 아니라 여전히 우리와 대적할 생각이 드느냐는 거지."

"……!"

라막은 눈을 부릅떴다.

'미쳤냐! 당신과 대적하게!?'

제론은 라막의 반응을 보며 희미하게 미소 지었다.

"간을 보기 위해 온 것이 아니었나."

"그, 그, 그럴 리가 있겠습니까?"

"괜찮다. 너희 바바리안들이 호전적이라는 사실은 알고 있다. 그리고 언젠가는 관계가 틀어져 쳐들어올 수도 있다고는 생각했지. 허나 나는 전쟁을 원치 않는다."

"저도 그렇습니다."

"족장은 그렇게 생각해도 다른 족장은 아니지 않나? 보았다시피 전쟁이 일어나면 너희들에게 재앙이 될 거야. 우리가 먼저 전쟁을 걸지는 않겠지만 침공을 당하는 순간 대륙 끝까지 찾아가 죽일 것이다."

라막은 몸을 덜덜 떨어 댔다.

무력시위를 하고 난 이후의 협박이라 아주 잘 먹혀들어 갔다.

제론이 라막의 어깨를 툭툭 두드렸다.

이 거대한 덩치를 가진 바바리안은 제론의 손길(?)에 경기를 일으켰다.

"앞으로 잘 지내 보자고."

"아, 예! 자, 잘 부탁드립니다!"

"좋아. 앞으로도 이런 자세를 유지하라고. 자! 빨리 정리하자. 이곳은 오크 주둔지일 뿐, 근처에 놈들의 부락은 널려 있다. 전과를 확대해야 하지 않겠나."

"오오오!"

환호하는 병사들.

이렇게 붉은 오크 주력이 죽어 나갔으니 부락으로 쳐들어가서 놈들을 짓밟아 버리는 것은 일도 아니었다.

빠르게 움직이는 제론과 가신들.

충격을 받은 라막은 그들이 사라지고 난 이후에도 움직이지 못했다.

'전쟁만큼은 막아야 한다!'

라막은 이 순간, 아툰 왕국의 전력을 과대평가하기 시작했다.

이런 무기로 무장하고 있는 군대와 부딪친다면 어떤 사달이 발생할까?

바바리안은 이 땅에서 지워질 것이다.

라막이 본 아툰 왕국은 그만한 힘을 가지고 있었다.

제론은 막대한 전리품을 쌓아 귀환했다.
 주력만 격파한 것이라면 며칠 안에도 돌아오는 것이 가능하였으나, 붉은 오크 부락들을 찾아 모조리 박멸시키느라 일주일이나 걸렸다.
 제론은 그 시간을 알뜰하게 썼다. 일주일 동안 지구와 카렌 대륙을 오가기를 반복했던 것이다.
 과거와는 다르게 이제 하루에 한 번은 지구로 넘어갈 수 있었고, 그곳에서 가져올 수 있는 물건들의 양도 증가했다.
 이 때문에 하루에 두 시간 정도는 투자하여 박 노인의 거처에 있는 물건들을 가져오기에 바빴다. 수많은 전리품 수레 중에서 두 대는 제론이 모두 사용을 했을 정도였다.
 지구의 물건을 담은 수레는 그 위에 천을 덮어 가려 놓았지만 붉은 오크의 시체는 밖으로 그대로 드러나 있었다.
백성들은 일을 하면서도 그 광경을 모두 눈에 담았다.
"영주님께서 붉은 오크를 모조리 격멸하고 돌아오셨다!"
"와아아아!"
백성들이 환호성을 내질렀다.
물론 붉은 오크들을 처리했다고 해서 모든 몬스터들이 박멸된 것은 아니었지만, 가장 강력한 세력이 사라진 것은 틀림없었다.
이로 인하여 약초꾼들은 좀 더 영역을 넓혔고, 백성들도 좀 더 안전하게 생활할 수 있게 될 것이다.
영주성 앞에는 원정을 다녀온 가르시아 경을 비롯해 강씨 등의 기술자들, 리키우스 경을 포함한 행정관들이 마중 나와 있었다.
"고생하셨습니다, 영주님!"
"고생 많으셨습니다!"
쏟아지는 박수갈채.
제론의 입장에서는 이게 대단한 일인가 싶었지만 사람들의 눈에는 그게 아니었다.
수천에 달하는 붉은 오크들을 그냥 두었다면 그 숫자는 순식간에 수만으로 불어났을 것이다.
그 지경이 되면 영지가 사생결단하는 것이었으니 가신들의 입가에 미소가 만연하는 것은 당연한 일이었다.

제론은 가신들과 쭉 악수를 나누었다.
그리고 마지막에는 박 노인과 마주했다.
"어르신, 그동안 어르신의 거처에서 가져온 물건들을 수레에 쌓아 놓았습니다."
"오오! 그런가?"
박 노인을 비롯한 지구인들은 수레에 가득 쌓여 있는 지구의 물건들을 보며 기뻐했다.
제론 나름대로 정리를 해 가며 쌓아 놓은 것이었는데, 모두 영지에 필요했던 모양이다.
인사를 끝내고 제론은 군대를 해산했다.
모여 있던 군대는 휴식을 취한 후에 재배치될 것이다.
제론은 마지막으로 바바리안들과도 인사를 나누었다.
"막심 족장, 수고했다."
"아, 아닙니다. 돈을 받았으니 당연히 해야 할 일이었을 뿐."
제론은 용병들에게 임금을 지급하고 전리품도 식량으로 바꾸어서 주었다.
바바리안들은 별생각 없이 기뻐하였지만 막심의 얼굴은 매우 복잡해 보였다.
이것으로 바바리안의 위협도 완전히 제거되었다.
붉은 오크들이 어떤 식으로 박멸되었는지 막심을 비롯한 바바리안들이 모두 보았을 것이니, 자신들의 거처로 돌아가면 페로우 영지군의 수준이 어떤지 소문을 낼 것이다.

소문은 늘 부풀려지기 마련이니, 천군(天軍)으로 포장되지 않을까 싶었다.

집무실로 돌아온 제론은 산더미처럼 쌓여 있는 서류와 마주했다.

"하……."

한숨이 절로 나왔다.

이런 끔찍한 광경을 보니 차라리 외지에 나가 있는 것이 낫겠다는 생각마저 들었다.

제론은 막상 펜을 잡기에 앞서 잠시 커피로 기력(?)을 보충하려 했다.

그러곤 커피를 마시며 테라스로 나와 영지를 내려다봤다.

영지는 단 일주일 만에 더욱 발전한 모습을 보이고 있었다.

성벽은 거의 완성 단계에 이르렀으며 도시 구획도 완벽해졌다.

깔끔하게 계획된 도시는 효율적으로 기능하는 중이었다.

고작 일주일 만에 성벽이 완성된 것은 기중기의 개량이 컸다.

박 노인이 공방 고문으로 들어오면서 모든 기계들이 개량되기 시작했는데, 그중 가장 신경을 쓴 것이 기중기였다.

강력해진 도르래의 장력과 전기를 사용한 모터의 가동으로 별다른 힘을 들이지 않고 엄청난 무게의 돌을 옮길 수 있게 된 것이다.

영지 중심에 위치하게 된 분쇄소도 열심히 일하고 있었다.

분쇄소 앞에 수도 없이 쌓여 있는 밀들.

영지민들은 밀을 맡기고 전표를 받아 갔고, 영지 내에서는 배달 인력을 운용하여 각자의 집에 배달해 주었다.

푼돈을 받고 배달을 하는지라 손해라고 볼 수도 있었지만, 분쇄소에서 기다리는 인력을 줄여 영지 발전을 도모하였으니 결코 손해는 아니다.

"지금은 괜찮아 보이지만 내년 추수기 전에는 식량이 떨어질 거야. 곧 전쟁이기도 하니 더 빨리 떨어질 수도. 빨리 감자를 퍼뜨려야 한다."

식량 부족이 빤히 예상되고 있었다.

이 때문이라도 유진 산업에 빨리 가 봐야 하는 것이다.

제론이 커피를 마시며 이런저런 생각을 정리해 갈 즈음, 가르시아 경이 노크를 하고 들어왔다.

"영주님! 드릴 말씀이 있습니다."

"반역자들에 대한 이야기인가?"

"그놈들에 대해서는 이미 보고서를 올렸습니다. 그게 아니라 왕실에서 은밀하게 서신이 와서 말입니다."

"왕실에서?"

"폐하의 친필 서신입니다."

"거참, 답신이 벌써 도착하다니."

제론은 토벌을 떠나기 전, 국왕의 제안에 답신을 보냈다.

온갖 미사여구로 포장했지만 핵심은 국왕의 제안을 받아들이며, 유물 15점이 아니라 20점을 넘기겠다는 내용이었다.

그걸 받은 국왕은 바로 답신을 보냈다.

친애하는 페로우 경!

이 먼 곳에서도 경의 충심은 충분히 전해졌다네. 역시 과인이 사람 보는 눈만큼은 훌륭하다는 것을 다시 한번 느꼈어.

자네의 제안은 마땅히 받아들여질 것이며, 이번 전쟁에서 경이 공을 세우는 순간 최대한 힘을 써서 백작 위를 추진할 것이야.

…중략…

이번에 자네에게 한 가지 부탁을 하고자 하네.

근자에 수도에서는 자네가 만든 마차가 자주 입방아에 오르내리고 있다네.

과인 역시 직접 마차에 탑승해 본 결과, 만족스럽더군.

이를 진상한다면 자네의 공로를 잊지 않을 것이야.

"허."

국왕은 제론에게 부탁까지 하면서 마차를 제작해 달라고 했다.

마차를 진상한다면 국왕의 이름으로 공로를 잊지 않겠다고 하는데.

제론이 국왕에게 빚 하나를 지우는 것이나 마찬가지였다.

지구에서 가져온 쇼바도 많이 남아 있었고, 제작은 공방에 맡기면 되었다. 신형(?) 마차가 완성되는 모습을 보면 그리 공정이 어려운 것도 아니었다.

제론은 도대체 수도에서 무슨 일이 있었던 것인지 궁금해졌다.

"알 수가 없네. 어째서 일이 이렇게 된 건지."

제론에게 서신이 올라가기 보름 전.

페로우 영지를 방문했던 렌카이 백작은 위풍당당하게 선물 받은 마차를 타고 귀경했다.

그가 수도에 올라오는 순간, 사람들의 시선을 사로잡았는데 워낙 마차의 디자인이 유려하였기 때문이다.

렌카이 백작은 항상 이 화려한 마차를 이용했다.

어디를 가든 페로우 자작이 선물한 마차를 탔으니, 많은 귀족들이 이에 대해 물어왔다.

그때마다 렌카이 백작은 페로우 자작과의 친분을 과시하며 선물을 받았다고 자랑했다. 또한 조만간 귀족들을 대상으로 마차의 판매가 시작될 것이라는 정보 역시 흘렸다.

 고위 귀족이 이렇게 자랑해 대니 마차에 대한 관심은 가히 폭발적이었다.

 입소문을 타고 자동으로 홍보가 되었으며 왕실에까지 소문이 흘러 들어갔다.

 국왕은 이 신형 마차에 대해 굉장히 궁금해했고, 결국 렌카이 백작을 호출하기에 이른 것이다.

 "경의 마차가 그렇게 좋다는 소문을 들었다네."

 "소신의 마차가 어찌 폐하의 마차에 비하겠습니까? 어림도 없는 소리이지요."

 "허허, 경. 좀 솔직해지세. 요즘 과인도 나이가 들어 쑤시지 않는 곳이 없어. 마차라도 한번 타려면 아주 죽을 맛이지. 경의 마차를 타면 심신이 편안해진다던데, 맞나?"

 "확실히 진동은 줄었사옵니다."

 "과인이 한번 시승해 봐도 되겠나?"

 "그, 그러시옵소서."

 렌카이 백작은 무려 국왕과 한 마차에 타는 영광을 누렸다.

 마차에 탑승한 국왕은 이 어마어마한 승차감에 감탄하고 말았다.

 "허어! 이게 진정 마차가 맞나? 전혀 새로운 교통수단이 탄생했군."

"페로우 자작도 한 대를 뽑아내기 힘든 물건이라고 하옵니다. 허나 폐하께서 명령하시면 마땅히 대령할 줄로 아옵니다."

"군주가 되어 어찌 그런 명령을 내리겠나?"

"약간의 도움을 주겠다고 약조하신다면 충분하리라고 봅니다."

국왕은 근엄한 표정에 어울리지 않게 신문물에 큰 관심을 보였다.

그가 마차에 큰 관심을 가지게 된 것은 인생 최후의 목표와 관련이 있었다.

'곧 있으면 죽을 인생, 권좌를 물려주고 나면 여행이라도 떠나야지.'

국왕은 몇 년 안에 은퇴할 생각이었다.

상왕으로 물러난 후, 국토를 누비며 여행을 다니는 것은 오랜 꿈이었다.

다 늙어 그런 호사를 누리려면 편안한 마차가 반드시 필요했다. 이러니 눈이 돌아갈 수밖에 없지 않겠는가.

국왕이 제론에게 연락을 하게 된 배경은 이러했다.

한편, 국왕까지 알현한 렌카이 백작은 사교계에서 페로우 자작에 대한 이야기를 종종 했다.

그가 얼마나 뛰어난 영주인지, 친하게 지내 손해 갈 것이 전혀 없다고 말이다.
 그런 이야기를 하는 끝에는 항상 마차에 대한 내용도 나왔다.
 "이보게, 정말 폐하께서 마차를 극찬하였는가?"
 "그렇다니까. 조만간 페로우 자작에게 마차를 제작하여 바치라는 명령서가 떨어질 것 같네."
 "허어! 폐하께서 명령을 내리실 정도인가?"
 귀족들은 깜짝 놀라고 말았다.
 당연하게도 이 거래는 공짜가 아니었다.
 귀족들은 하나를 받으면 그만큼 돌려주는 것을 당연하게 생각했다. 하급자의 경우에는 이자까지 붙여 주어야 한다.
 국왕이 거래를 원한다면?
 그 값을 아주 후하게 쳐 주어야 하는 것이다.
 국왕이 페로우 자작에게 명령을 내렸다는 것은 그만큼 마차의 질이 뛰어나다는 반증이었다.
 "나도 시승을 해 볼 수 있겠나?"
 "그러시게. 어려운 일도 아닌데."
 렌카이 백작은 사교계의 인싸(?)로 등극하였다.
 백작의 입장에서도 나쁜 일은 아니었다.
 정치를 하려면 이런 식으로 만남을 자주 가져야 했는데, 고위급 인사들이 하나같이 관심을 보이니 이걸 기회로 하여 인맥을 두둑하게 다질 수 있는 것이다.
 한번 마차에 시승을 해 본 귀족들은 전부 이걸 탐냈다.
"정말 페로우 자작이 이걸 판매한다고 하던가?"
"한정적으로 생산한다고는 들었다네."
"그럼 자네가 다리를 놓아 줄 수 있겠나?"
"다리를 놓아 달라고?"
"내 섭섭지 않게 사례하겠네."
"그, 그래. 이야기는 해 보지."
"고맙군! 고마워!"
 이런 소식은 다른 파벌 귀족들에게도 전해졌다.
 2왕자파 인사들과 4왕자파 인사들도 렌카이 백작을 찾아와 페로우 자작에게 다리를 놓아 달라고 부탁하였던 것이다.
 렌카이 백작이 제론과 호형호제한다는 소문이 퍼지면서부터 더욱 청탁이 많아졌다.
 일이 커지기 시작하자 렌카이 백작은 실책을 깨달았지만 이미 늦어 버린 후였다.
 결국 주변의 압박(?)에 견디다 못한 렌카이 백작은 제론 페로우에게 서신을 보내기에 이르렀다.
 백작이 보낸 서신은 국왕의 서신과 대략 10일 정도의 차이를 두고 페로우 영지에 닿았다.

제론은 국왕에게 보낼 마차를 준비하는 도중 렌카이 백작으로부터 서신을 받았다.

쾌속선을 타고 하네스 영지에서 내린 전령은 밤을 새워가며 달려왔으며 거의 폐인이나 다름없는 모습을 드러냈다.

"페, 페로우 자작님을 뵙습니다."

"먼 길에 고생이 많았군. 쉬지 않고 달려온 건가?"

"백작님께서 워낙에 성화를 부리셔서……."

전령은 쓰러지기 직전이었다.

렌카이 백작은 도대체 무슨 일 때문에 이렇게까지 전령을 혹사시키면서 서신을 보낸 것일까.

그렇게까지 급한 일이라면 전서구를 이용해도 됐을 것이다.

아툰 왕국은 생각보다 통신망(?)이 잘 발달되어 있는 국가였다.

모든 기술들이 낙후된 세계였으나 각 영지마다 전서구망이 갖춰져 정말 급한 일이 있다면 비둘기를 이용해서 쪽지를 보냈을 것이다.

전령은 제론에게 서신을 전달한 즉시 쓰러져 실려 나갔다.

제론은 서신을 즉시 개봉했다.

친애하는 아우님에게.

아우님! 이 우형은 수도에 도착하여 잘 지내고 있다네. 요즘 들어 자네에 대한 이야기가 수도에 만연해. 최근 들어서는 폐하와의 관계도 돈독하게 다지면서 떠오르는 신성으로 각인되고 있으니 내가 다 기쁘더군.

…중략….

다름이 아니라 자네가 개발한 마차 말일세.

이게 사교계에서 엄청난 관심을 불러일으켰다네.

폐하께서도 자네에게 마차를 주문했다는 사실이 밝혀지면서 중앙 귀족들이 내게 청탁을 넣느라 바쁘네.

허나 내가 마차의 제작자도 아닌데, 그들의 청탁을 받아 줄 수는 없음이야.

자네가 내 부탁을 받아 다리를 놓아 준 것으로 하면 안 되겠나? 그렇게 하여 마차를 판매해 준다면 반드시 그 은혜를 갚도록 하겠네.

이런저런 미사여구와 사설이 길었지만 결국에는 렌카이 백작 본인을 통해 마차를 좀 팔아 달라는 부탁이었다.

"허, 참. 마차가 그렇게도 난리라니. 레일라 경은 어찌 생각하나?"

"충분히 그럴 수 있다고 봅니다."

"신형 마차가 그 정도로 편해?"

"신세계가 따로 없죠."

레일라 경은 이제 제론과 마주 앉아 아침 식사를 할 수 있을 정도로 마음의 문을 열었다.

예전에는 단순히 충성심만 가지고 있었다면, 이제 제론을 인간적으로 대하기 시작한 것이다.

물론 말투가 딱딱한 것은 마찬가지였지만 장족의 변화다.

그녀의 설명에 따르면 제론이 만들어 낸 신형 마차는 이 시대 기준으로 오버 테크놀로지였다.

지구인의 기준으로 설명하면 바퀴가 달린 차를 타고 다니다가 플라잉카를 영접했을 때와 비슷한 수준이라고 할까.

쇼바가 노면에서 올라오는 진동을 상당히 제어해 주면서 장거리 여행을 해도 피로감이 덜하다고.

마차라는 것이 원래 좀 불편한 이동 수단이다.

몸이 부서질 것 같은 수준에서 뼈마디가 쑤시는 수준으로 내려간 정도였지만, 이 자체가 신세계라는 거다.

"경의 오라비가 오늘 방문하기로 했지?"

"네, 국제 상인들과 함께 온다고 합니다."

페로우 영지의 상단주 버켄이 오늘 영지로 돌아온다.

하네스 영지로 입항한 국제 상인들까지 데려오는 것이었는데, 페로우 영지에서 생산하기 시작한 밀가루 때문이었다.

 중세의 기술로는 밀가루 분쇄에 한계가 있었다.

 어느 정도까지는 갈리겠지만 미친 듯이 곱게 간 밀가루는 만들어 낼 수가 없는 것이다.

 해외에서 밀가루를 수입하여 분쇄한 후에 이윤을 붙여 판매할 계획이었으니 이만한 창조 경제가 없다.

 "좋아. 국제 상인들이 밀가루 이외에도 마차를 어떻게 생각하는지 들어 보자고."

 "해외 수출까지 계획하십니까?"

 "그러면 안 되나?"

 "공급이 따라갈 수 있을지가 걱정입니다."

 레일라 경은 다소의 우려를 드러냈다.

 이미 수도에서 마차 열풍까지 불고 있는 와중이었는데, 해외 수출까지 한다면 물량이 감당이 되겠냐는 것이다.

 제론은 어깨를 으쓱였다.

 "우리에게는 대량 생산을 할 수 있는 공장이 있다. 만드는데 문제없지. 다만 가격은 국내 시판가보다 사악할 거야."

 "그래도 불티나게 팔릴 겁니다."

 레일라 경은 마차 판매 사업이 반드시 성공할 것이라고 봤다.

 이런 세상이라고 해도 돈이 많은 상인들이나 귀족들은

많았고, 국내에서처럼 해외에서도 열풍을 만들어 낸다면 페로우 영지는 마차의 판매만으로도 부유한 영지의 반열에 오를 수 있다고.

식사를 마친 제론은 공방을 찾았다.
박 노인이 합류한 후, 공방은 더욱 빠르게 발전하는 중이다.
그러다 보니 전쟁 준비는 순조롭게 되어 갔다.
내화 벽돌을 이용한 소형 고로가 제작되어 쇳물이 만들어졌고, 틀에서는 빠른 속도로 무구가 쏟아졌다.
대형 고로를 만들면 좋겠지만 제론이 지구에서 내화 벽돌을 짊어져 나르는 것도 한계가 있었다.
이런 소형 고로라도 일단 있으면 예전보다 더욱 강력해진 탄소강을 쭉쭉 뽑아낼 수 있었으므로 작업 속도는 10배 이상 빨라졌다.
후끈한 열기와 사람들의 고함 소리, 망치질이 한창인 대장간.
박 노인은 대장간 사람들에게 쩌렁쩌렁한 소리를 지르고 있었다.
"이런 굼벵이 같은 놈들. 그따위로 일하고 임금을 받아 가겠다는 겐가!"
"시정하겠습니다!"

박 노인의 입에서 어눌하지만 대륙 공용어가 흘러나왔다.

언어를 배울 때 욕부터 배운다고, 박 노인의 욕하는 솜씨는 과연 일품이었다.

박 노인이 제론을 발견하고 다가왔다.

"자네 왔나?"

"어르신, 작업은 어찌 되어 가고 있습니까?"

"갑갑해 죽겠네. 이러다 화병으로 세상을 뜨는 것이 아닌지 모르겠군. 사람들 행동이 너무 굼떠."

박 노인은 혀를 쯧쯧 찼다.

박 노인이야말로 대한민국의 흥망성쇠를 모두 경험한 사람으로 한창 경제가 고도 성장할 때, 한국인들이 얼마나 효율적이고 빠르게 움직였는지 잘 알고 있었다.

자원 빈국이었던 한국은 오직 기술과 인력만으로 일어난 국가라고 해도 과언이 아니다.

그런 한국인들에 비하면 확실히 카렌 대륙 사람들의 행동이 느리기는 했다.

"어르신, 그래도 예전보다 한 5배 정도는 빨리 움직이는 겁니다."

"허어! 그게 말이 되나?"

"환경의 영향이라 할 수 있겠죠."

제론의 설명에도 박 노인은 인부들의 게으름(?)을 이해

못 하는 것 같았다.

어쨌든.

사고만 나지 않으면 박 노인의 작업 스타일에 제론이 태클을 걸 이유가 없다.

그는 바로 찾아온 목적을 밝혔다.

"지금 수도에 마차 붐이 불고 있습니다. 대량 생산이 가능하겠습니까?"

"쇼바만 있으면 얼마든지 가능하지."

"그건 걱정은 마시죠. 대량 생산이라고 해도 몇 백 대 수준일 겁니다. 지구에 널린 것이 쇼파이니 시간이 날 때마다 파밍해 오겠습니다."

"그렇다면 전혀 문제없네."

호화로운 마차의 수요는 한정되어 있었다.

국내 수요가 끝나면 해외 수요를 맞춰야겠지만 수천 대 수준으로 제작이 되지는 않을 것이다.

그 수량만큼 제론이 쇼바를 구해 오면 되는 것이고.

제론은 자동차 폐차장이 떠올랐다.

직접 차량을 분해하여 가져오는 것은 시간이 꽤 걸리는 일이었지만 이미 쇼바가 분리되어 있는 자동차 폐차장이라면 말이 다르다.

쇼바만 있으면 대량 생산도 가능한 체제를 박 노인이 만들어 가는 중이었다.

마차에 대한 문제는 이것으로 해결이다.

제론은 공방을 나서기 전에 잠시 멈추었다.

"어르신, 오늘이 디데이입니다."

"허허허, 안 그래도 준비는 끝내 두었네. 지금은 마무리 작업 중이지."

"도와주셔서 감사합니다."

"무슨 그런 말을. 은인에게 은혜를 갚는 것이야 당연한 일이지. 이번 파밍으로 영지가 더욱 발전할 것이니 사실 이건 우리들을 위한 일이기도 하네. 그러니 너무 부담 갖지 말게나."

"예, 어르신."

제론을 비롯한 지구인 출신들은 오늘 저녁에 일과를 마치고 파밍을 함께하기로 하였다.

말이 파밍이지 유진 산업 부근에 매복해 있는 변이체 놈들을 사냥하는 작업이다.

이를 위해 공방 사람들은 활동하기 편안한 갑옷을 맞춤 제작하는 한편, 무구들도 대대적으로 손을 보고 있었다.

그 준비가 오늘 끝났고 최종 점검을 하는 중이었다.

"자네는 일 보게. 오늘 상인들이 찾아온다고 하지 않았나?"

"예, 그럼 저녁에 뵙겠습니다."

제론은 시계를 내려다봤다.

아직 상인들이 도착하기까지는 시간이 좀 있었지만 국제 상인들이 방문하는 것이었으니 몇 가지 준비해야 했다.

정오 무렵.
페로우 영지로 대규모 상단이 진입하고 있었다.
워낙에 상단의 규모가 커서 영지군이 파견하여 그들을 호위했다.
이는 일종의 감시를 위한 병력이기도 했다.
그러거나 말거나.
상인들은 페로우 영지 권역에 들어오자마자 깔끔하게 깔려 있는 농지와 수로, 도로를 보며 놀랐다.
도로를 뚫는 작업은 한창이지만 이미 메인도로의 공사는 완료됐다.
바둑판식 농지에서 열심히 일하는 영지민들.
국제 상인 발락은 페로우 영지가 고도로 발달한 농업 도시라고 생각했다.
"질 좋은 밀이 생산된다고 하더니 이유가 있었군요. 어찌 농업을 이렇게까지 체계적으로 관리할 수 있는 것인지 신기할 지경입니다."
"그, 그렇지요? 원래 우리 왕국은 농업이 기반입니다. 하하하!"
이런 설명을 하고 있는 버켄도 놀랄 지경이었다.

불과 몇 달 페로우 영지를 비운 사이에 무슨 천지개벽이 일어났는지 신기할 지경이었다.

바둑판식으로 깔린 농지를 처음 본 사람들이 혀를 내두르는 것은 당연한 일이다.

그러나 그들의 놀람은 시작에 불과하였다.

높이 20미터가 넘어가는 성벽에는 철통같은 경비가 이루어지고 있었고, 병사들은 하나같이 군기가 바짝 들어 있었다.

도시로 들어가자 그 놀람은 한계를 넘어섰다.

"허어!"

"이곳은 도대체 어디입니까? 정말 페로우 영지가 맞습니까? 아툰 왕국의 수도가 아니라?"

"허험, 그게…… 페로우 영지 맞습니다."

도시의 내부는 지나치게 깔끔했다.

오물 하나 없는 것은 물론이고, 모든 건물들이 보수되거나 새롭게 지어졌다.

도시도 계획을 새롭게 하여 구역을 설정하였으니, 그 깔끔함에 혀를 내두를 지경이었다.

그들은 상업 지역에 들어섰다.

노점과 시장, 주거지가 혼합되어 있는 엉망진창의 구역이 아니라 상점이면 상점, 노점이면 노점, 정해진 구역에서 장사를 했다.

불법 노점상이 넘쳐나는 대부분 도시와는 전혀 다른 풍경이었다.
　이는 페로우 영지의 세금 자체가 싸고, 세금을 내지 않으면 혜택을 받을 수 없었기에 생긴 결과였지만 그걸 국제 상인들이 짐작할 수는 없었다.
　국제 상인들이 관심을 가지는 것은 바로 곡물이었다.
　정확하게는 고급 밀가루.
　상점들 중에서는 곡물을 판매하는 점포도 있었다.
　신기한 것은 점포뿐만 아니라 노점상에서도 밀가루를 버젓이 판매하고 있다는 것이다.
　국제 상인 발락은 노점에서 판매하고 있는 밀가루의 품질을 확인하더니 입을 쩍 벌렸다.
　"허! 도대체 페로우 영지는 어떤 곳이기에 노점에서도 이런 고급 밀가루를 판매한다는 말입니까?"

　영주성 테라스.
　제론은 레일라 경과 함께 멀리서 국제 상인들을 관찰하고 있었다.
　영주성에서 상업 지구까지는 거리가 꽤 있었지만 망원경을 사용하면 문제없이 상인들의 표정을 볼 수 있었다.
　국제 상인들은 밀가루에 상당한 관심을 보였다.
　업무 보고를 위해 집무실을 방문한 레일라 경은 제론과

함께 그들을 살피더니 말했다.

"저렇게 놀라는 것을 보니 밀가루는 만들어지는 즉시 수출이 될 것으로 보입니다."

"수요가 많을 것으로 예상되니 대금을 화폐로 받으면 우리 영지의 밀이 마를 거야."

"예, 그러니 반드시 대금은 통밀로 받으셔야 합니다."

"가격은 어느 정도가 적당하겠나?"

"밀과 밀가루의 비율이 3배 정도면 괜찮지 않을까요?"

"3배? 너무 비싼 것 같은 느낌인데."

제론은 밋밋한 턱을 쓰다듬으며 생각에 잠겼다.

아무리 밀가루가 곱게 갈렸다고 해도 통밀의 3배에 판매하는 것은 도둑놈 심보가 아닌가 싶었다.

레일라 경은 제론의 그런 고민을 바로 알아차리고 설득했다.

"저희 영지에서 판매하는 밀가루는 고급으로 취급될 것이니, 사실 10배를 받아도 상관없다고는 봅니다. 하지만 범용성을 위해 3배를 책정하는 것이죠."

"평민들도 마음만 먹으면 사 먹을 수 있도록 말인가?"

"예."

"하지만 고급 밀이 타국으로 넘어가면 굉장한 이문이 붙어 비싸지지 않겠나?"

"그래도 먹을 사람은 먹을 겁니다."

가뜩이나 교역권을 가지고 있었기에 밀 장사를 하면 많이 남을 것이었는데, 고급 밀까지 만들어 수출하면 막대한 자금을 손에 넣을 수 있을 것이다.

국제 상인들은 밀 가게를 나와 여러 가지 특산품에도 관심을 보이고 있었다.

특히나 바바리안들에게서 수입하는 아이스트롤의 가죽은 그들의 눈에도 매우 아름다워 보였던 모양이다.

그들은 가죽 상회 앞에서 한참 동안이나 상품을 살피고 있었다.

은빛 털을 가진 아이스트롤은 오직 대설원에만 서식했다.

바바리안들이 대체적으로 은색의 외투를 입는 것만 보아도 아이스트롤이 얼마나 많은지 짐작할 수 있었다.

하지만 바바리안들은 아이스트롤 가죽이 귀하다는 생각을 못 했다. 대설원에는 널린 것이 아이스트롤이었으니까.

그 가죽이 남부로 넘어오면 가격은 자연스럽게 상승한다.

이 시대에 북극 제품이 남반구 쪽으로 내려가면 가격이 폭등할 것은 자연스럽게 예상할 수 있었다.

아니나 다를까.

흥분하는 국제 상인들의 모습이 보였다.

아이스트롤 가죽 역시 수입 품목에 넣을 모양이었다.

그 밖에 그들은 대량으로 생산된 식칼이나 질 낮은 무구들도 굉장히 유의 깊게 보았다. 가격이 저렴하여 충분히 경쟁력이 있다고 본 것이다.

마침내 국제 상인들은 상업 지구를 떠났다.

"아이쇼핑이 끝난 것 같군."

"예?"

"구경이 끝났다고."

"아, 예. 이제 점심 식사를 준비하라고 이르겠습니다."

"그러도록."

제론은 국제 상인들의 반응을 보며 영지의 특산물도 서서히 늘어나고 있음을 느꼈다.

앞으로 공장이 들어오기 시작하면 꾸준하게 돈을 벌어다 줄 수 있는 상품은 더욱 다양해질 것이다.

제론은 영주성 정원으로 국제 상인들을 초대했다.

다양한 국적을 가진 상인들이었으며, 버켄을 포함하여 총 10명이었다.

"영주님을 뵙습니다!"

제론이 나타나자 버켄 경이 한쪽 무릎을 꿇었다.

자연스레 상인들도 버켄 경을 따라 똑같이 무릎을 꿇었다.

로마에 가면 로마의 법을 따라야 하는 법 아닌가.

예를 지키지 않으면 바로 목을 베어 버리는 것이 아툰 왕국의 법이었다.

"버켄 경, 불철주야 고생이 많군."

"아닙니다. 저는 그저 영주님께서 다져 주신 길을 이용하는 것뿐, 그다지 하는 일도 별로 없사옵니다."

역시 혓바닥이 매끄러운 버켄 경이다. 상인이 천직이라고 할까.

이에 질세라 국제 상인들도 열심히 입을 놀려 댔다.

"영주님! 일국의 수도에 버금가는 영지를 잘 구경했습니다. 저희가 부디 귀 영지의 신문물을 구입할 수 있도록 허락해 주십시오!"

"밀가루가 마음에 들었나."

"그뿐만이 아닙니다! 영지에는 질 좋은 물건들이 많이 있었습니다. 다들 경쟁력이 훌륭한 제품들로 수입이 가능하다면 하고 싶사옵니다."

"좋아. 식사부터 하고 이야기를 나누지."

"예!"

제론은 여유롭게 앉아 식사할 준비를 했다.

요리는 강유정이 담당했다.

그녀도 바쁘기는 마찬가지였으나 상단의 고위 간부를 겸임하고 있었기에 이번 미팅이 얼마나 중요한지 잘 알고 있었던 것이다.

치이익!

프라이팬에 버터가 녹는 냄새가 진동하기 시작했다.

국제 상인들은 벌써부터 침을 꿀꺽 삼켰다.

녹인 버터로 질 좋은 소고기 안심이 올라가자 더욱 식욕을 자극했다.

고기가 구워지는 동안에는 스프와 식전 빵, 약간의 잼이 애피타이저로 나왔다.

제론이 먼저 포크를 들었다.

"간단하게 들지."

"예!"

상인들은 별생각 없이 스프를 한 번 맛봤다가 깜짝 놀랐다.

그 맛이 범상치 않았기 때문이다.

허겁지겁 빵에 잼을 발라 먹는 상인들.

스프와 함께 2단 콤보가 터지니 다들 눈이 튀어나오기 직전이었다.

"헉! 이 맛은!?"

"허어, 지금까지 먹었던 빵은 모두 쓰레기였구나!"

상인들은 체신 따위를 생각하지 않고 미친 듯이 식사에 열중하였다.

아예 스프가 든 그릇을 뚫어 버릴 정도로 긁는 자들도 있었다.

종종 강유정의 요리를 먹어 왔던 버켄조차 혀를 내두를 맛이었다.

"맛이 더 뛰어나게 된 것 같습니다."

"유정 경의 요리 실력은 일취월장하는 중이거든."

"그렇지 않아도 유정 경이 하네스 영지에 안 계셔서 식사하는 것이 고역이었습니다. 이제야 혀가 안식을 찾았군요."

버켄에 이어 상인들도 연신 감탄했다.

제론은 웃음이 튀어나오려는 것을 간신히 억누르고 위엄을 유지했다.

지금까지 먹은 음식들 모두, 거래가 가능하다는 사실을 알고 있었기 때문이다.

"그대들이 짐작했다시피 스프와 빵은 우리 영지의 고급 밀가루로 만든 음식이다."

"역시, 그럴 거라고 생각했습니다!"

"다만 밀가루만으로 그런 맛을 낼 수는 없고, 우리 영지에서 개발하고 생산한 버터, 치즈가 들어가야 하지."

"영지에서 그런 것도 생산합니까?"

"오다가 목장은 못 본 모양이군?"

"죄송합니다. 상업 구역을 둘러보는 것만으로도 놀라울 지경이었으니 말입니다."

제론이 농업 다음으로 신경 쓰는 부분이 목장의 운영이었다.

양이나 소를 중점적으로 육성하고 있었으며, 젖을 짜서 우유를 최대한 생산한 후 가공했다.

그 가공품이 치즈와 버터다.

제품들은 특수 용기에 보관되어 한여름에도 충분히 수출할 수 있었다.

국제 상인들이 이구동성으로 외쳤다.

"수입하고 싶습니다!"

"이건 무조건 대박입니다!"

그들은 밀가루는 물론이고 버터와 치즈까지 수입하고 싶다고 말했다.

제론은 국제 상인들의 마음에 쐐기를 박아 버리기로 했다.

굳이 말할 필요가 있는 것이 아니라 맛으로 압살해 버리는 것이다.

강유정은 주 메뉴인 등심 스테이크를 가져왔다.

버터를 끼어 얹으며 익힌 스테이크로 소금만 쳐서 먹어도 그 맛이 대단했다.

"역시 놀랍습니다."

이만하면 거래는 성사된 것이나 마찬가지였다.

더 이상은 제론이 관여할 필요는 없다. 나머지는 버켄 경이 알아서 국제 상인들을 구워삶을 것이다.

제론 페로우 자작은 식사만 마치고 상인들과 인사한 후 사라졌다.

국제 상인들도 페로우 자작이 굉장히 바쁜 사람이라는 것을 잘 알고 있었다.

최근 영지전을 통해 영토를 두 배나 확장했으니, 바쁘지 않으면 오히려 그게 더 이상한 일이다.

상인들은 방금 받았던 충격을 잊지 못하고 있었다.

"버켄 님, 음식이 이렇게 맛있다는 사실을 처음 알았습니다."

"하하하! 저도 처음 이 고급 식재료를 접하였을 때 충격을 받았지요."

"페로우 영지에서 생산되는 고급 식재료들은 불티나게 팔릴 겁니다. 아마 없어서 못 파는 지경이 되겠지요. 생산이 되는 족족 매입하고 싶습니다."

"안타깝지만 영주님께서는 어느 한 상단의 독점을 금지하였습니다. 경쟁을 시켜 매각하겠다는 의사를 밝히셨습니다."

"그렇습니까?"

발락 상단주는 진한 아쉬움을 드러냈다.

여기서 생산되는 모든 특산물들을 독점할 수만 있다면 돈방석에 앉는 것은 시간문제였는데, 페로우 영주는 독점의 폐해를 막고자 경쟁 관계를 만든 것이다.

매우 현명하고 공평한 처사였지만 아쉬움이 남는 것은

어쩔 수가 없었다.

짝!

버켄은 손바닥을 한 번 마주치고는 시선을 모았다.

"자, 그럼 마차를 타고 영지를 한번 완행하도록 하죠."

"배려에 감사드립니다. 그렇지 않아도 이 아름다운 도시를 한번 둘러보고 싶었습니다."

국제 상인들은 영지를 추켜세우며 관광 목적이라 말했지만 버켄은 그게 아니라는 사실을 잘 알았다.

상인들이 관광만 한다?

차라리 사자가 초식 동물이라는 말을 믿고 말 것이다.

그들은 영지 곳곳을 누비며 뭔가 또 수입해 갈 물건이 있는지 살피려 했다.

상인들은 영주성 앞에 대기하고 있는 고급 마차에 올라탔다.

화려하게 꾸며진 내부.

푹신한 가죽 의자에 앉자 몸을 착 감는 것이 굉장히 편안했다.

버켄이 지시하자 마부가 부드럽게 마차를 몰았다.

"음?"

"뭐지? 이 흔들리지 않는 편안함은?"

상인들은 단번에 이 마차가 심상치 않은 물건이라는 사실을 깨달았다.

마차를 탈 때 몸이 쑤시는 것은 각오해야 하는 일.

이는 완행을 해도 마찬가지였다.

마차가 안락할 것이라는 기대는 애초에 하지 않는 것이 좋았다.

그러나 지금 타고 있는 마차는 이 세상의 것이 아닌 듯한 안락함을 선사했다

마치 허공에 떠서 날아가는 느낌이랄까.

물론 다소의 진동은 있었으나 매일 고문에 가까운 이동 수단만 타고 다니던 상인들에게는 신세계였다.

귀족들이나 부유층에게 판매한다면 없어서 못 팔게 될 것이다.

"버켄 님! 이 마차도 판매하는 겁니까!?"

"마차……요?"

"예! 정말 뛰어난 마차입니다! 마치 하늘을 나는 기분이로군요!"

웅성웅성.

발락의 말에 다른 상인들도 동의했다.

감각이 마비된 것이 아닌 이상 이 마차가 일반 마차와는 완전히 다르다는 것을 깨달았을 것이다.

눈을 반짝이는 사람들.

버켄은 곤란하다는 듯이 말했다.

"글쎄요……. 이 마차는 국내에서도 한정적으로 제작된

것으로 압니다. 워낙에 비싸서 제후들에게나 판매가 예정 되어 있습니다."

"영주님께 여쭤봐 주실 수 있겠습니까!? 꼭 구매하고 싶습니다!"

"저희도 구매하고 싶습니다!"

"판매가 된다고 해도 엄청난 값이 들어갈 겁니다. 타 보니 아시겠지요? 마도구입니다."

"값은 충분히 지불할 수 있습니다!"

상인들이 아우성을 쳤다.

버켄은 심각한 표정을 지으며 고개를 끄덕였다.

굳이 판매할 생각은 없지만, 원한다면 영주에게 이야기라도 해 보겠다는 듯이 말이다.

해가 질 무렵.

제론은 슬슬 지구로 넘어갈 준비를 하고 있었다.

국제 상인들에게 영지 특산물을 꽤 비싼 값에 팔아 치울 수 있게 되었으니, 마음이 한결 가벼웠다.

갑옷을 갖추어 입던 제론에게 버켄 단주가 찾아왔다.

"영주님! 잠깐 시간을 내주실 수 있겠습니까?"

버켄은 다소 흥분한 기색이었다.

제론은 대충 무슨 이야기를 할지 짐작했다.

"마차 때문이겠지?"

"알고 계셨습니까!?"

"당연하지. 이런 의도로 판을 짠 것이지 않나."

"국제 상인들이 한 대에 얼마에 판매할 수 있는지 물었습니다."

"경의 생각은?"

"최소한 10만 골드는 받아야 한다고 봅니다."

"뭐? 10만!? 너무 바가지 아닌가?"

"전혀 그렇지 않습니다. 오히려 이것도 너무 싼값이 아닌지 우려스럽습니다. 고급화 전략으로 간다면 10만이 아니라 20만도 무리 없이 받을 수 있지요."

"그렇지만 어느 정도 범용성도 생각해야겠지."

"그래서 10만을 기준으로 잡았습니다. 범용성이 아니었다면 더 비싸게 팔 생각을 했을 것입니다."

제론은 어깨를 으쓱였다.

국제 상인들에게 바가지를 씌우던 말든 그건 버켄이 알아서 할 일이다.

가뜩이나 제론이 할 일은 많았으니까.

"적당한 값에 판매 계약을 맺도록."

"예! 결코 실망시켜 드리지 않겠습니다!"

버켄의 눈동자가 활활 타올랐다.

상인이 이렇게 자신한다는 것은 충분히 폭리를 취할 수 있다는 의미였다.

공방으로 박 노인과 강씨 부녀가 모였다.

바깥은 어둠에 휩싸여 있었지만, 하루 종일 태양광으로 축전기를 충전한 덕분에 주변이 환했다.

제론은 사람들의 면면을 자세히 살폈다.

멸망한 지구로 넘어가는 것은 상당한 트라우마를 남길 것이 분명함에도 불구하고 그들의 표정에는 별다른 변화가 없었다.

제론은 다시 한번 일행을 말려 보려 했다.

"저 혼자 가도 됩니다. 너무 어려워 보이면 공략을 하지 않으면 그만이고요. 사실 지금도 먹고 사는데 지장이 없기도 합니다."

"허허허, 우리는 괜찮네. 전에도 말했지만 자네의 발전이 우리가 발전하는 길 아니겠는가. 은혜를 갚기 위해 행동한다고 생각하지 말게. 나 역시 필요에 따라 행하는 일이니."

"위험할 겁니다."

"여차하면 자네가 포탈을 열 것이 아닌가?"

"그렇기는 합니다만……."

"그럼 됐네."

이렇게까지 결심을 굳혔다면 그들의 마음을 돌리는 것은 어려워 보였다.

제론 역시 더 이상은 만류하지 않기로 했다.

일행들은 장비를 마지막으로 점검했다.

다들 플레이트 메일이 아닌 티타늄 합금을 사용한 가벼운 소재의 갑옷을 입었다.

각반과 투구 등도 함께 착용하였으며 허리춤에는 짧은 단검 한 자루씩을 소지했다.

변이체와의 전투는 원거리에서 이루어져야 한다. 근접 전투는 최대한 지양하고 위급한 상황에서는 바로 포탈을 열고 빠져나올 계획이었다.

기본 공격은 강화된 석궁을 쓴다.

강씨가 고안한 석궁도 충분히 파괴력이 높았지만 그걸로 진화체에 타격을 입히기는 힘들다.

박 노인은 기본적으로 만들어진 석궁에 듀얼 모터를 달

아 손을 봤다.

어마어마한 장력으로 만들어진 티타늄 합금 석궁.

철판을 가볍게 뚫어 버리기에 변이체 한정으로는 소총보다 파괴력이 높은 일격 필살의 무기였다.

이 석궁은 연사 모드도 가능했다.

다만 연사 모드에서는 활시위에서 나오는 장력의 도움을 받지 못하므로 그 위력이 다소 떨어진다.

변이체와의 싸움이 아니라 혹시 모를 인간들과의 전투에 대비하여 달아 놓은 것이었다.

각자 저격총 하나를 배낭에 달았고, 허리춤에는 보조 권총도 착용하였다.

이만하면 전쟁에 나가는 군인 수준의 무장이라고 봐야 한다.

무구는 이만하면 됐고, 각자 식량과 생필품도 확인했다.

잠은 돌아와서 자겠지만 혹시 모를 사태에 대비해 3일분 식량은 소지해야 했다.

혼전이 벌어지고 혹시 일행에서 떨어져 나갔을 때에는 미리 정한 포인트로 이동하도록 계획까지 세웠다.

제론은 숨을 한번 몰아쉬었다.

"준비되셨습니까?"

"이만 넘어가지. 어차피 가자마자 뭔 일이 발생할 것은 아니지 않나."

"알겠습니다."

제론은 차원의 문을 열었다.

2서클에 오르면서 마력은 무지막지하게 늘어났고, 4인이 넘어가서 12시간 정도는 활동할 수 있었다.

쿨렁!

수면을 통과하는 느낌과 함께 지구에 도착했다.

다른 사람들도 마찬가지겠지만 제론은 특히나 더 심하게 환경이 변했음을 느꼈다.

사방에서 느껴지는 마나의 충만함.

공기도 맑았고 날이 따듯해졌지만, 지구 특유의 긴장감은 여전했다.

이곳은 박 노인의 은신처다.

컬렉션처럼 벽면을 채우고 있던 무기나 공구들은 모두 지구로 옮겨진 상태였다.

여전히 전기는 들어온다. 아직 태양광 패널을 전부 옮긴 것은 아니기 때문이다.

다들 얼굴이 굳어 있자 강유정이 웃으며 전기 포트를 켰다.

"함정 깔고 원거리에서 저격할 텐데, 왜들 그리 심각해요? 커피라도 한잔 마시면서 긴장 푸세요."

"허허, 그러자꾸나. 우리가 긴장할 이유는 없지."

안 그래도 지구에 남아 있던 커피도 다 떨어지던 참이었다.

제론은 하루에 한잔으로 커피를 줄이다가 지금은 특별한 순간에만 마셨다.

그만큼 지구에서 생산된 자원이 줄어들고 있었다.

마트라도 털지 않는 이상 예전처럼 커피를 즐길 수는 없게 될 것이다.

당이 섭취되자 머리가 조금 맑아지는 기분이었다.

제론은 한쪽에 걸려 있는 서산 전도로 고개를 돌렸다.

박 노인의 거처는 서산 외곽에 위치하고 있었다.

서산 시내와 가까운 편이라 이곳에서 한 시간 정도면 유진 산업에 닿을 수 있을 것이다.

문제라면 곳곳에 존재하고 있을 위협이었다.

"어르신, 어떤 경로로 이동하는 것이 좋겠습니까?"

"아무래도 외곽으로 돌아가는 것이 좋지 않겠나. 출발하기 전에 드론으로 쭉 둘러보고 가세. 시내로 완전히 진입하기 전에 전망대에 올라 위협이 있는지 확인해 보도록 하고."

"그게 좋겠습니다."

드론을 가지고 다니면 좋겠지만, 기체가 워낙에 무거웠다.

20분 정도 사용하고 나면 충전을 해야 했기에 정찰의 용도로만 사용해야 한다.

커피를 모두 마신 박 노인이 드론을 능숙하게 조종했다.

5개의 카메라가 각각의 모니터로 송출되었다.

지이이잉!

창공을 힘차게 가르는 정찰용 드론.

드론은 50미터 상공에서 꼼꼼하게 경로를 탐색하였다.

화면으로 망가진 국도가 한눈에 들어왔다.

예전에 비해 시체가 늘어난 느낌이다.

썩어서 부패하고 있는 사체도 꽤 있었다.

'이거 꽤 불안하긴 한데.'

다행히 변이체나 인간의 모습은 확인할 수 없었다.

드론은 서산 외곽을 지나 시내로 접어들었다.

유진 산업으로 향하는 길.

시내는 언뜻 한적해 보였지만 드문드문 변이체가 모습을 보였다.

"어?"

제론은 눈살을 살짝 찌푸렸다.

유진 산업으로 향하는 길목들에 바리케이드가 쳐 있는 것을 봤기 때문이다.

드론은 선회하여 다른 길이 있는지 찾았다.

하지만 시내의 한 부분이 광범위하게 바리케이드로 막혀 있어 그걸 넘지 않는 이상은 진입할 수 있는 방법이 없어 보인다.

바리케이드 곳곳에 걸려 있는 태극기.

"음."

제론은 구시대의 유물로 전락한 국가의 상징에 침음을 내뱉었다.

바리케이드는 누군가가 의도적으로 건설한 것 같았다.

"약탈자들이 시내의 변이체들을 빼내기 위해 발악할 때 막아 둔 모양이군."

박 노인이 간단하게 상황을 유추하였다.

제론은 한숨을 내쉬었다.

"뜬금없이 태극기라니. 영문을 모르겠습니다."

"설마 태극 연합?"

강씨 부녀는 동시에 단어를 내뱉었다.

태극 연합?

이건 뭔 게임의 길드 같은 이름인가.

강씨가 태극 연합에 대해 설명했다.

"그나마 온건한 생존자 집단이라고 보면 되네."

"온건하다?"

"온건하다는 뜻이 여기서는 약탈자들처럼 인육을 먹거나 노예를 부린다거나 마구잡이로 인명을 살상하지만 않는다는 뜻이네. 생존자들이 가지고 있는 특성들은 모두 갖추고 있지."

잘못하면 머리에 구멍이 나는 것은 순식간이라는 뜻이다.

강씨는 계속 말을 이어 나갔다.

"그나마 다행인 것은 말을 하면 통하기는 한다는 거야. 그들의 일원으로 받아들여지는 것은 매우 까다롭지만, 거래할 식량이나 물건이 있다면 다소 손해를 보더라도 물건들을 구할 수도 있지."

"그런 집단이 아직도 살아 있었나?"

"나도 놀랐네."

그나마 말이 통한다니 다행이었다.

박 노인이 한마디를 덧붙였다.

"생존자 연합은 사라졌던 것이 아니라 이번에 약탈자 집단이 쓸려 나가면서 다시 활동을 개시한 것으로 보이네. 그렇다고 규모가 그리 크지는 않을 걸세."

어쨌든 놀랍고 신기한 일이었다. 아직까지 생존하는 집단이 있다니.

그런 생존자 집단이 정상일 리는 없다.

하지만 만나자마자 총질을 하는 놈들만 아니라면, 필요한 물자들을 거래할 수도 있을 것이다.

"그럼 출발할까요?"

"그러세."

드론이 돌아오자 제론 일행은 박 노인의 은신처를 나섰다.

촤륵. 촤르르륵.

일행은 자전거를 타고 국도를 가로질렀다.

박 노인이 선두에, 강씨가 좌측을 맡았으며 강유정이 우측에서 제론을 호위했다.

이런 포지션은 혹시 감당 못 할 적과 조우하였을 때, 신속하게 카렌 대륙으로 넘어가기 위함이었다.

반파된 도로는 뒤집힌 차량과 핏자국, 언제 죽었는지 알 수 없을 정도로 말라비틀어진 시신들이 주를 이루었다.

그 사이에는 죽은 지 얼마 되지 않은 시신들도 보여 긴장을 완전히 풀 수는 없었다.

풍경은 지옥이 따로 없었지만 마음만큼은 가벼웠다.

일행들은 무장도 철저하게 했고, 영양 상태도 좋았다.

여차하면 지구에서의 파밍을 포기하고 바로 카렌 대륙으로 도주할 수 있다는 점에서 마음의 위안도 됐다.

정작 제론은 상당히 긴장한 상태였지만.

'여기서 한 명이라도 죽으면 영지에 큰 공백이 생긴다.'

지구의 생존자들은 다들 제정신이 아니었다.

의심병은 기본으로 탑재하고 있었고, PTSD가 뼛속 깊이 뿌리박혀 있어서 정상적인 사고를 하는 사람도 드물다.

운이 나빠 온전한 상태의 기술자를 하나 잃으면 크나큰 손실이었다.

날은 따뜻했지만 하늘이 약간 뿌옇다.

인간이 사라진 세상에서도 중국발 황사는 어쩔 수가 없는 모양이다.

국도를 따라 이동하는 것까지는 평화로웠다.

문제는 서산 시내로 진입하는 그 자체다. 여기서부터는 정말 조심해야 한다.

일행들은 베테랑들로, 굳이 누군가가 뭘 지시하지 않아도 본인들이 무엇을 해야 하는지 알았다.

서산으로 들어가는 길목에서 일행들은 작은 산봉우리에 올랐다.

시야가 흐려서 멀리까지는 보이지 않았지만, 바리케이드가 어떻게 관리되는지는 충분히 알 수 있었다.

열 감지 화상 카메라를 켜자 바리케이드 부근에 은신하고 있는 사람들이 포착됐다.

그들은 바리케이드 하나에 두 명씩 조를 이루고 있었으며 망원경으로 사주를 경계하고 있었다.

"음."

박 노인이 침음을 내뱉었다.

바리케이드 부근에 은신하고 있는 누군가와 눈이 마주쳤기 때문이다.

생존자는 총구를 박 노인의 앞으로 조준하고 있었다.

"이거 철저하군."

"체계가 잘 잡혀 있는 모양입니다."

"태극 연합은 원래 그런 곳이야. 약탈자가 아닌 생존자 집단이지만 강력한 지도자가 이끌고 있지. 군인 출신이라고 하던데 직접 만나 본 적은 없다네. 소문만 들었을 뿐이지."

"이런 세상에도 소문이 납니까?"

"오히려 소문은 쉽게 퍼진다네. 좁은 세상 아닌가."

"그건 또 그렇군요."

인류의 99.99% 이상이 사라진 세상이었다.

수도권도 아니고 서산 정도의 좁은 동네에서 저런 생존자 집단이 있다면 금방 정보를 알아낼 수 있기 마련이었다.

박 노인이 배낭에서 백기를 꺼냈다.

펄럭!

백기가 나부끼자 이곳으로 총구를 들이대고 있던 남자가 슬쩍 총구만 옆으로 치워 주었다.

박 노인은 자리에서 일어났다.

"대화할 준비가 된 모양이군. 그럼 다녀오겠네."

"같이 가시죠, 어르신."

"허허, 괜찮네. 나야 죽어도 괜찮지만 자네는 아니지 않나?"

"저도 나름 방탄조끼를 입었고 총을 쏘려 하면 마법을 사용하여 막을 수 있습니다. 총알은 실드를 뚫지 못하지요. 여차하면 탈출하기에도 용이하고요."

"허나."

"같이 가시죠."

제론은 강력하게 의견을 피력했다.

더 이상은 박 노인도 고집을 부리지 않았다.

혼자 가는 것보다는 제론과 함께하는 것이 더 안전하다는 사실쯤은 박 노인도 알고 있었기 때문이다.

제론과 박 노인은 작은 산등성이에서 내려가기 시작했다.

사박. 사박.

썩은 나뭇잎들이 부스러졌다.

생존자 집단과 조우하게 되었으니 제론도 꽤나 긴장한 상태였는데, 그걸 인지했는지 박 노인이 가볍게 물었다.

"우리 상황에서 가장 필요한 물건이 뭐라고 생각하나?"

"저는 커피가 제일 당기는군요."

"허허허, 그래. 현대인은 카페인이 들어가야 활동할 수 있지. 걱정 마시게. 아마 얻을 수 있을 거야. 저들에게 가장 필요한 것은 식량이거든."

제론과 박 노인은 길 하나를 두고 잠시 대기하였다.

경비들이 바리케이드 옆에서 손을 앞으로 내밀며 다가오지 말라는 수신호를 주었기 때문이다.

제론은 의아함을 가졌으나 곧 그들이 무엇 때문에 제지

한 것인지 깨닫게 되었다.

"끼에에엑!"

저 멀리서 들려오는 굉음.

제론과 박 노인 역시 가까운 건물로 몸을 숨겼다.

그들은 1.5층으로 올라가 창밖을 내려다봤다.

쿵! 쿵! 쿵!

서산 시내를 휘저으며 질주하고 있는 진화체 두 마리.

하나는 근육 돼지였고, 또 하나는 역시 말라깽이였는데 예전보다 한 단계 발전한 모습을 보여 주었다.

제론 역시 저런 돌연변이를 가까이서 보기는 처음이었다.

근육 돼지는 온몸에 두터운 갑각을 둘렀다. 말라깽이 역시 발전하여 갑각을 둘렀으나 주요 부위만 보호하고 있다는 점이 달랐다.

제론은 절로 탄성을 내지를 뻔했다.

단순한 진화체도 상대하기가 까다로웠는데, 이제는 그런 녀석들이 돌연변이를 일으켜 더욱 강력해진 것이다.

쾅! 콰과광!

뭐가 그리 화가 나는지 놈들은 여기저기를 다 때려 부수고 다녔다.

천만다행으로 놈들은 바리케이드 안으로 굳이 들어갈 생각은 하지 않았다. 저것이 인공적으로 만들어 놓은 바리케이드라는 생각은 아직 하지 못하는 모양이다.

'변이체들은 꽤 똑똑한 놈들이야. 지금이야 안전해 보이지만 금방 들통이 나겠군.'

태극 연합이 어째서 시내 한복판에 자리 잡았는지는 충분히 이해했다.

변이체를 사냥할 자신이 있다면 파밍을 하기에 적합한 시내가 훨씬 나았으니까.

하지만 놈들이 진화를 거듭하고 있는 지금, 그게 옳은 선택이었는지는 제론도 확신할 수 없었다.

돌연변이들이 사라지자 바리케이드를 지키던 자들이 손짓했다.

제론과 박 노인은 난잡하게 박살이 나 있는 잔해들을 넘어 바리케이드 안으로 진입하였다.

안쪽에는 두 명의 근무자들이 더 있었다.

그들은 소총으로 제론과 박 노인을 겨냥하고 있었으며, 여차하면 쏴 버리겠다는 듯 위협했다.

이는 지구를 살아가는 사람들에게는 당연한 절차였다.

처음 보는 사람을 믿는다?

그보다 어리석은 일은 없었으며, 오직 본인의 판단만 믿어야 했다.

사람들은 모두 얼굴을 마스크로 가리고 있었다.

그중에서 덩치가 가장 큰 남자가 중저음의 목소리로 물

었다.

"이곳을 찾아온 용건은?"

제론이 뭐라고 말하기도 전에 박 노인이 앞으로 나섰다.

"거래를 하러 왔네."

"우리가 뭘 믿고?"

"긴장들 풀게. 우리는 약탈자가 아니야."

"증거가 없지 않나. 지금까지 살아남은 생존자라면 우리들의 입장을 이해할 거야."

박 노인이 고개를 끄덕였다.

처음 보는 사람을 잠재적인 적으로 규정하는 것은 지구를 살아가는 사람들에게 당연한 일이었다.

제론마저도 지구에서 처음 보는 사람에게는 호의보다는 의심을 먼저 품었으니까.

인사가 총질로 변하는 것은 예사.

박 노인도 그걸 알기에 웃으며 설명했다.

"태극 연합은 아직도 홍씨가 이끌고 있나?"

"어르신이 우리 연합장님을 어떻게 아십니까?"

"자네들이 사용하는 석궁과 덫을 제작한 사람이 바로 날세."

"……!"

태극 연합 사람들은 깜짝 놀랐다.

놀란 것은 제론도 마찬가지였다.

박 노인이 이런 세력과 관계를 맺고 있을 줄은 몰랐다.

물론 박 노인이 태극 연합에 속한 것은 아니었고 종종 거래를 하였던 것으로 보였다.

이들이 박 노인의 얼굴을 모르는 걸 보니 신입인 모양이었고.

그들은 이제야 총기를 거두었다.

"정말 박 노사님입니까?"

"그렇다네."

"잠시만 기다려 주십시오! 저희 연합장님께 연락을 넣겠습니다!"

연합 사람들이 분주해졌다.

박 노인은 어느 순간부터 활동을 중단한 모양이었는데, 그런 사람이 제 발로 찾아왔으니 연합 입장에서도 환영할 일이었던 것이다.

제론이 신기하다는 얼굴로 물었다.

"어르신께서는 발이 참 넓으시군요?"

"이런 세상에서 발이 넓으면 뭐 하겠나? 총 맞기 딱 좋지."

"그건 부정할 수가 없군요."

S마트 지사장실.

집무실 책상에는 양쪽에 태극기가 꽂혀 있었고, 의자에

는 정장을 입은 남자가 집무를 보고 있었다.

충남권 최대의 생존자 집단 태극 연합은 최근까지 서산 외곽에서 활동하다가 약탈자 놈들이 서산 시내의 변이체들을 밖으로 끌어내면서 마트를 점령한 세력이었다.

연합장 홍주영은 이렇게 망한 세상이라고 해도 주먹구구식으로 조직을 이끌어서는 안 된다고 생각하는 사람이었다.

인간은 세상이 멸망해도 인간으로 남아야 하는 법이다.

그런 정신에 입각하여 그는 연합 내의 사람들에게는 최대한의 편의를 제공하고자 노력했다.

그러다 보니 잡무가 끝도 없이 많은 것이었고.

이런 철칙 때문이었는지 연합은 지금까지 와해되지 않고 살아남았다.

물론 와해가 되지 않았다는 것뿐이지 상황이 좋다는 의미는 아니다.

물자는 줄어들고 있었고, 하루를 멀다 하고 사람이 죽어 나갔다.

변이체는 발전하고 있었으며 한 마리를 사냥하기 위해서는 상당한 희생을 각오하기도 해야 했다.

여러 가지로 악재가 겹치고 있는 상황이다.

"후."

홍주영은 담배를 꺼내서 물었다.

수명이 길었던 과거였다면 술, 담배는 끊었겠지만 지금

은 언제 죽을지 알 수 없었기에 좋아하는 것은 다 하며 살아야 한다.

완전히 망가진 도시를 내려다보고 있던 홍주영은 노크 소리에 상념을 깼다.

똑똑.

"들어와요."

"연합장님, 손님이 찾아오셨습니다."

"손님? 어디에서 말입니까?"

"생존지 밖에서 온 손님입니다. 박 노사님을 기억하시는지요?"

"뭐라고요!?"

홍주영은 급하게 담배를 껐다.

지금 그들이 사용하는 무기들은 전부 박 노사가 개조를 해 준 것이었다.

그는 일명 괴짜 노인으로 불리기도 하였지만 연합의 간부들이나 군인들은 모두 노사라고 높여 부르며 대우했다.

예전부터 홍주영은 박 노사를 영입하기 위해 노력했으나 그는 손녀를 찾아야 한다며 번번이 거절했다.

최근 들어서는 박 노사를 본 적이 없었는데, 이렇게 인연이 닿아 만날 수 있게 된 것이다.

"어떻게 할까요?"

"최대한 정중하게 모셔 오세요!"

홍주영은 주먹을 불끈 쥐었다.
박 노사의 도움을 받을 수 있다면 조금 더 이 빌어먹을 세상에서 버틸 수 있지 않을까?

쉘터 출입구에서 무전을 받은 사람들은 갑자기 태도를 바꾸며 박 노인에게 정중해졌다.
그건 일행인 제론에게도 마찬가지였다.
쉘터에 모르는 사람이 도착하면 무기부터 빼앗고 보는 것이 순리였는데, 그들은 제론과 박 노인의 무기와 배낭은 일절 건들지 않았다.
'박 노인이 이들과 거래를 했었다면 당연히 이런 반응이어야지.'
박 노인의 가치는 제론이 가장 잘 알았다.
그로 인하여 단숨에 영지가 발전을 해 가고 있었으니까.
중세 수준의 문명을 갖추고 있는 페로우 영지에서 이만한 실력을 보였으니 지구에서는 더욱 귀한 대접을 받았을 것이다.
제론은 박 노인이 태극 연합과 거래했었던 과거의 이력 때문에 편안하게 주변을 둘러보며 이동할 수 있었다.
바리케이드 너머는 깔끔하게 청소가 되어 있었다.
무너진 잔해들이나 불타서 뒤집어진 차량이 없는 건 아니었지만, 굴러다니는 사체가 없다는 것만 해도 지구에서는 흔하게 볼 수 없는 광경이었다.

S마트 주변에는 수도 없이 많은 함정들이 설치되어 있었다.

발목 함정부터 시작해서 발리스타와 석궁들이 빼곡하게 지상으로 겨누어져 있었다.

이 중 상당수가 박 노인의 작품일 것이다.

제론의 눈에 낯익은 함정들이 꽤 있었다.

S마트에 접어들자 경비는 한층 더 삼엄해졌다.

출입구를 지나자 여기저기 텐트를 치고 생활하는 사람들이 눈에 들어왔다. 군인들이 돌아다니기는 했지만 바깥에 비한다면 훨씬 안정적인 모습이었다.

상당한 수준으로 체계가 잡혀 있었으며 생존자 각자의 역할도 분담되어 있었다.

"감상이 어떤가?"

박 노인이 제론에게 물어왔다.

제론은 솔직한 심정 그대로 말했다.

"최후의 쉘터다운 모습입니다."

"최후의 쉘터라……. 허허, 틀린 말도 아니로군. 그나마 인간적인 쉘터의 모습을 유지하고 있는 곳은 태극 연합이 유일하지."

제론은 고개를 끄덕였다.

지금껏 살아남은 쉘터였기에 일부 도덕성을 포기하긴 했을 것이다. 적으로 규정되면 먼저 쳐서 없애 버린다거나 물자를 구하기 위해 전쟁을 벌이는 등의 행동 말이다.

그러나 이들은 약탈자들처럼 인간의 도덕성을 완전히 포기하지는 않았다.

제론과 박 노인이 받고 있는 대우만 보아도 그런 사실을 증명하는 행동이었다.

그들은 엘리베이터 앞까지 안내되었다.

은빛의 문 위에 층수가 표시된 광경을 보며 제론은 진정 감탄했다.

S마트에 태양광 설비가 되어 있었기에 전기가 들어올 거라는 사실 정도는 알았지만 설마 엘리베이터가 가동될 줄이야.

심지어 깔끔하기까지 했다.

엘리베이터를 타자 잔잔하게 음악이 흘러나왔다.

제론은 과거의 지구로 되돌아온 것 같은 느낌을 받았다.

묘한 감상에 빠지려 할 때 즈음.

팅!

엘리베이터가 멈추었다.

순식간에 8층까지 올라온 것이다.

8층은 손님들을 위한 곳이 아니라 백화점 직원들이 출근하여 옷을 갈아입는 탈의실이나 사무실 등이 있었다.

지사장실도 그중 하나였다.

똑똑.

"들어오세요."

끼이익!

문이 열리자 제법 화려한 사무실이 눈에 들어왔다.

제론은 그 광경을 보며 혀를 내둘렀다.

사무실은 먼지 하나 없었고 집무실 의자에는 정장을 입은 남성이 앉아 있었다.

나이는 대략 50대 초반.

머리는 가지런하게 정리되어 2:8로 나누어 넘겼으며 얼굴에서는 윤이 난다.

창밖으로 펼쳐진 살풍경이 아니었다면 이곳이 과거의 지구라고 착각이 들었을 법한 광경이었다.

"박 노사님!"

남자는 빠르게 달려오더니 박 노인의 손을 맞잡았다.

"허허, 놀랍군. 태극 연합이 지금까지 살아남았다니."

"예전보다는 숫자가 많이 줄었습니다. 지금도 겨우겨우 유지하고 있는 형국이지요."

"그래 보이기는 하더군."

"자자, 앉으시지요."

제론과 박 노인은 소파로 안내되었다.

먼지 하나 없는 푹신한 나파 가죽 소파가 몸을 감싼다.

"미스 공, 여기 커피 두 잔 내오게."

"네, 연합장님."

또각. 또각.

미스 공이라는 여자도 검은 정장에 구두를 신고 있었다.

누가 보면 극한의 컨셉이라고 이야기했을 것이다.

멸망한 세상과는 전혀 어울리지 않았기 때문이다.

어쨌든 제론과는 상관이 없는 일.

이곳 사람들이 컨셉질을 하건 정신병에 걸렸건 제론에게 위협만 가하지 않는다면 신경 쓸 이유가 없었다.

잠시 후, 뜨거운 커피가 향긋하게 퍼져 나갔다.

"허."

"맛이 어떻습니까?"

"설마 이거 핸드 드립 커피입니까?"

"바로 보셨군요."

제론은 찻잔에 코를 가져다 대고 향을 즐겼다.

이야기는 박 노인이 마무리할 것이니 제론은 그저 커피나 마시면서 상황을 지켜보면 되는 것이다.

"박 노사님께서 자취를 감추신 후, 생존이 더욱 힘들어졌습니다. 변이체는 강력해졌고 물자와 무기는 떨어져 가고 있으니 말입니다."

"자네들의 사연은 안타깝지만 나도 나름대로의 사연이 있었다네."

"예, 그렇지요. 저도 알고 있습니다."

사연 없는 사람이 어디에 있을까.

지구에 남아 있는 사람들은 모두 영화보다 더 극적인 사연 하나쯤은 가지고 있었다.

다들 상처투성이가 된 채로 살아가고 있는 것이다.

"우리가 찾아온 이유는 자네들이 길을 막고 있기 때문이지. 사내로 향하는 길을 죄다 막고 있으니 어쩌겠나?"

"통행권은 바로 만들어 드리겠습니다. 그 밖에, 거래는 가능하십니까?"

"거래라."

"꼭 좀 부탁드립니다. 원하시는 물건들은 최대한 찾아서 맞춰 드리겠습니다."

박 노인이 슬며시 입가에 미소를 지었다.

어쩌면 그는 이런 말이 나오길 기다렸는지도 몰랐다.

"대가만 확실하다면."

박 노인과 제론은 지사장실을 나왔다.

비어 있는 줄 알았던 사무실에 꽤 많은 사람이 근무하고 있었다.

제론은 궁금증을 참지 못하고 비서에게 질문했다.

"공 비서님, 이런 세계에서도 서류 처리를 할 필요가 있는 것인지 잘 모르겠습니다. 이보다는 생존에 집중하는 것이 낫지 않을까요?"

"최소한 인간답게 살기 위해 업무 처리가 필요한 거죠.

단순히 파밍과 전쟁에만 관심을 기울이는 것이 아니라 불만을 접수하고 처리하며 범죄자들을 격리, 관리하는 등 생각보다 많은 인력이 들어간답니다. 자급자족을 위한 연구도 계속하고 있고요."

"자급자족이요?"

"백화점 주변과 옥상에 농업 육성을 하기 위해 노력하고 있어요. 파밍을 하는 것만으로는 한계가 있거든요."

"이런 세상에서 농업 육성이 가능할지 모르겠습니다."

"의지만 있으면 가능해요. 서산 외곽에서 살아갈 때에도 농사를 지었는걸요."

"그런데 왜 시내로 오셨습니까?"

"서산 외곽 쉘터가 다 망가졌거든요."

"……."

제론은 더 이상의 질문은 하지 않았다.

그 역시 지구에서 오랜 세월 살아왔었고, 환생을 한 이후에도 지구를 종종 방문했었기에 어쩌다가 쉘터가 망가지게 되었는지는 충분히 짐작되었기 때문이다.

그들은 다시 승강기에 올랐다.

이번에는 지하 3층.

팅!

[문이 열립니다.]

엘리베이터에서 나오는 건조한 음성과 함께 문이 열리자

왁자지껄한 목소리들이 쏟아져 들어왔다.

"허어."

"하나의 사회를 구성했군."

제론과 박 노인은 꽤나 놀라고 있었다.

지구에 살아가는 사람들은 죄다 꾀죄죄하고 숨어서 살 것이라고 생각했다.

백화점에 쉘터를 만들어 살아가는 사람들도 기근에 허덕이며 축 늘어져 있을 것이라고 여겼는데, 이곳의 주민들은 활기차게 하루를 살아가고 있었다.

종종 싸움이 터지기도 하였으며, 물건을 흥정하는 등 사람 사는 냄새가 물씬 풍겼다.

3층의 인원만 백 명은 넘는 듯했다.

"놀라셨나요?"

"여긴 어딥니까?"

"시장이에요. 필요한 물건들이 있으실 것 같아서요."

자율적으로 돌아가는 시장.

이곳 사람들은 파밍을 나갔다 오면 이렇게 시장에서 판매하는 모양이었다.

이쯤 되니 궁금해졌다.

"물물 교환을 하는 겁니까?"

"직접적인 물물 교환도 하지만 태극 연합의 화폐를 쓰기도 합니다."

"화폐라니. 그러려면 지급 보증이 되어야 할 텐데요."

"식권을 비롯하여 전기와 물 등을 사용하려면 화폐가 있어야 하니, 지급 보증이 되는 것이나 다름없죠. 물론 그 밖에도 여러 가지 안전장치들이 있답니다."

태극 연합의 인원은 그리 많은 것이 아니었지만 시스템 하나는 기가 막히게 구축하고 있었다.

세금도 걷고 중앙에서는 연합 전체를 운영하며 경비를 책임진다.

이만하면 연합체 구성의 기본 조건은 만족된 것이나 마찬가지였다.

제론과 박 노인이 공 비서와 향한 곳은 시장의 환전소였다.

시장의 점포를 내는 것은 어느 정도의 세금을 내고 허가를 받으면 가능했지만, 그것만으로는 사람들의 수요를 다 감당하지 못한다.

이 때문에 연합에서 직접 운영하는 점포들이 있었다.

환전소에서는 식량이나 생필품을 매입하여 판매하기도 하였으니, 제론이 보기에 연합의 시스템은 멸망한 지구에 맞춰 최대한 자유를 보장한 것이라고 봐야 했다.

"여기서 당신들의 물건을 매입해 줄 거예요. 필요한 물건을 매입하시고 제게 와 주세요. 나가는 길을 안내해 드릴게요."

"그리하겠습니다."

제론은 매입상에게 식량들을 내밀었다.

넉넉하게 가져온 삶은 계란이나 감자, 통조림 등이었다.

다만 양이 그리 많지 않아서 받은 돈은 적었다.

매입상은 한국에서 사용하던 지폐에 위조 방지 도장을 찍어 주었다. 이렇게 도장을 받은 화폐만 사용할 수 있다고.

창구에서는 15만 원가량을 주었는데 한쪽에는 매입 단가표가 떡하니 있어 제론과 박 노인도 가격에 반박하지 못했다.

시장은 왁자지껄했다.

어디서 가져왔는지는 모르겠지만 생선도 있었고 야채도 있다. 공산품을 판매하는 가게도 있었는데 전통 재래시장을 보는 것 같았다.

제론과 박 노인은 신중하게 물건을 골랐다.

우선 식량은 제외다.

카렌 대륙으로 넘어가면 초대량의 식량을 가져올 수도 있었으므로 도저히 직접 구하기가 어려운 물건들만 구매했다.

커피믹스 20개들이 두 박스와 저격총 탄약 12발, 권총 탄약 6발을 사니 15만 원은 그대로 증발하였다.

"조금 아쉽기는 하군."

"추후에는 밀가루라도 들고 와야 할 것 같습니다."

이 작은 시장에 없는 것 빼고는 다 있었다.

전자 제품이나 총기류, 도검류, 여러 부품까지 존재할 정도였다.

제론과 박 노인은 이대로 나가려다가 자동차 부품점에 들렀다.

폐차장에서 운 좋게 대량의 쇼바를 구하면 좋겠지만, 그러지 못할 때를 대비하여 가격을 알아보려는 것이다.

"무엇을 드릴까?"

60대 초반 정도 나이 지긋한 남자가 이곳의 주인이었다.

제론은 차량에 대해 잘 몰랐기에 잠자코 박 노인이 이야기하는 대로 듣고 있었다.

"구형 수동 쇼바를 찾는데, 있나?"

"구형 수동 쇼바?"

"전자식 쇼바는 한 번 고장이 나면 고치기 어려우니 찾는 것이지."

"그런 물건들이라면 꽤 있지."

부품 가게 주인은 제론과 박 노인을 점포 뒤쪽으로 안내했다.

이곳에는 없는 부품이 없었다.

타이어부터 시작해서 자동차 엔진까지 판매했는데, 전부 직접 재생을 한 제품이었다.

"구형 쇼바라면 하나에 10만 원 정도면 가능할 것 같은데."

"너무 비싸지 않나."

"대량으로 구매하면 좀 깎아 줄 수도 있고."

"다음에 오겠네."

"그러시든지."

가게 주인은 판매를 하든 말든 상관없다는 투였다.

그들은 이곳저곳을 돌아다니며 필요한 부품이나 공구들이 있는지 살폈다.

예상 외로 공구 세트나 기계톱, 카터기 등은 저렴한 편에 속했다.

"힘들게 구입하느니 지속적으로 거래를 하며 물건을 구입하는 것도 방법이라고 보네."

"저도 그렇게는 생각했습니다."

"누가 물건들을 사 가기 전에 식량으로 모조리 구입해 가는 것도 나쁘지 않은 방법 같은데."

"유진 산업에 들러 그곳의 일을 처리하면 제가 직접 거래를 하러 오겠습니다."

"그러시게. 이곳 사람들이 제정신이 아니기는 해도 양심은 있어. 통행증이 한번 발급된 이상 총에 맞아 죽는 일은 없을 것이니, 안심하고 와도 좋네. 물론 들어오기 전에 근처에 변이체들이 다가오지 않는지 확인은 해야겠지만."

"그리하겠습니다, 어르신."

시장 입구.

약속대로 공 비서는 이곳에서 제론과 박 노인을 기다리고 있었다.

그녀가 웃으며 말을 걸었다.

"즐거운 쇼핑 되셨나요?"

"약간 비싸다는 생각은 들었습니다만, 물건의 종류가 많은 것은 마음에 들었습니다."

"목숨값에 비하면 싸죠. 변이체의 위협을 피해 구해 와야 하는 것이니까요."

"맞는 말씀이군요."

이런 세상에서 목숨 걸고 파밍을 나간다는 것이 쉬운 일은 아니었다.

그건 제론도 마찬가지였다.

마법도 익히고 그에 따라 신체 전반적인 능력이 향상되며 일반인보다는 훨씬 나은 환경에서 지구를 돌아다닐 수 있었지만, 여전히 지구는 위험했다.

카렌 대륙으로 넘어가면 식량을 대량으로 가져와야 할 것 같았다. 이곳에서라면 희귀한 물건들도 손쉽게 구할 수 있었으니까.

다만 대량의 식량들을 함부로 취급하게 되면 뒤통수를 맞을 수 있다는 것이 문제였으니, 적당히 선을 지켜야 한다.

'이들이 과연 언제까지 친절할까?'

태극 연합은 대량의 식량을 거래해도 좋을 만큼 믿을 만한 곳일지는 아직 판단이 서지 않았다.

그건 앞으로 거래하면서 확인해 보면 될 일이다.

백화점 입구.

여기서부터는 조심해야 한다.

입구를 나서는 순간부터는 소음도 줄이고 천천히 이동해야 하며 변이체를 경계해야 했다.

사주를 경계하면서 공 비서가 박 노인에게 물었다.

"박 노사님, 저희가 필요한 물건들이 있는데 제작 의뢰가 가능할까요?"

"제작 의뢰?"

"박 노사님과 연락이 끊기고 난 후 변이체의 위험이 심각해졌거든요. 부탁드립니다."

"대가만 충분하다면 못 할 것도 없지. 다만, 나도 한 가지 조건이 있네."

"말씀하세요."

"우리에게 일행이 두 명 더 있는데 말이야. 그들에게도 출입증을 주게. 또한 앞으로 거래는 이 친구가 맡을 것이니 뒤통수만 치지 말아 주게."

"저희는 그런 사람들 아니에요. 박 노사님이 더 잘 아실 텐데요."

"다른 그런 사람들 아니라고 말해."

"걱정 붙들어 매세요. 우리는 이 시대 최후의 양심인들이니까요."

"그래, 한번 믿어 보겠네."

공 비서는 환하게 웃었다. 이것으로 쉘터에 필요한 물건들을 공급받을 수 있다고 여긴 것이다.

박 노인은 쉘터 밖에서 대기하고 있던 강씨 부녀를 불렀다.

공 비서의 권력이 상당한 모양인지, 그녀는 이 자리에서 통행증을 발급해 주었고 강씨 부녀도 군인들이 호위해서 데려왔다.

공 비서는 일행을 뒷문으로 안내까지 해 주었으니 이만하면 상당한 호의를 보인 셈이었다.

여기도 바리케이드가 형성되어 있었다.

시내로 나가려면 비좁은 문을 통과해야 하지만 평상시에는 굳게 닫혀 있었다.

공 비서는 헤어지기 전에 신신당부를 했다.

"아직 서산 시내는 위험해요. 저희도 최선을 다해 권역을 넓혀 가고 있지만 인력 부족과 적들의 변이 때문에 애를 먹고 있죠. 부디 몸조심하기를 바랄게요."

"허허허, 우리 걱정은 말게. 나는 오히려 자네들이 망해 없어지는 것이 더 걱정일세."

"그럴 일은 벌어지지 않아요."

"나도 노파심에 하는 말일세."

"네, 어르신."

박 노인의 말에는 틀린 점이 하나도 없었다.

제론 일행이야 여차하면 카렌 대륙으로 도망치면 되었지만, 이곳 사람들은 대규모 침공을 받으면 무너질 수도 있었다.

최대한 조심하는 모양이었지만, 지구에서의 생존은 조심해서 되는 것이 아니었다.

 일행은 자전거를 이곳에 맡겨 놓고 이동했다.

 시내 외곽에서는 국도를 타고 자전거로 이동하는 것이 가능하였지만, 시내는 길이 엉망이고 도저히 자전거를 탈 환경이 아니었다.

 다른 곳에 두는 것보다는 태극 연합에 맡겨 두는 편이 그나마 안전할 것이다.

 일행은 쉘터를 나와 건물과 건물 사이를 걸었다.

 드론으로 확인한 경로로만 이동했으며, 변이체가 튀어나올 것 같으면 최대한 돌아서 갔다.

 서산 시내는 외곽보다 상황이 더 심각했다.

 완전히 뒤집어진 도로는 가스 폭발이 연쇄적으로 일어난 것 같았고, 건물의 손상도 더 심했다.

 곳곳에 널브러져 있는 사체들.

 미라뿐만이 아니라 죽은 지 한 달이 되지 않은 사체들도 꽤 있었다.

 전투를 치른 흔적도 즐비한 것으로 봐서는 약탈자들과 태극 연합이 시내를 차지하기 위해 싸움을 벌인 것이 아닌가 짐작도 됐다.

 마침내 그들은 유진 산업 근처에 도착했다.

 작업(?)을 시작하기 전에 일행은 근처 건물로 올라갔다.

높은 곳에서 내려다보며 변이체의 움직임이 없는지 확인을 하기 위해서다.

겸사겸사 식사도 하고.

목적지가 가까워졌기에 목소리는 절로 낮아졌다.

점심으로는 샌드위치와 우유로 점심을 먹었다.

여기까지 오는 동안 제론은 많은 생각을 했다. 태극 연합 사람들을 저대로 방치해도 되는 것인지 말이다.

박 노인이 제론의 생각을 꿰뚫어 보고 조언을 해 주었다.

"저들을 카렌 대륙으로 데려갈 생각이라면 추천하지 않네."

"어째서 그렇습니까?"

"인간이란 하나를 주면 더 많은 것을 요구하기 마련이라, 자네 영지가 순식간에 망가질 것이야. 생각해 보았나? 이 심각한 PTSD를 가진 자들이 수백이나 몰려가면 어떤 식으로 영지가 절단이 날지."

박 노인의 말에는 틀린 부분이 없었다.

잠시 이들을 데리고 넘어가면 어떨까 생각해 보았지만, 영지가 개판이 될 것이 확실하였으므로 그에 대한 생각은 접기로 했다.

식사를 마친 제론은 다시 한번 유진 산업 부근에 매복한 변이체들을 살폈다.

그리고 작게 탄성을 내뱉었다.

"하……. 이 새끼들 보게?"

네 마리의 변이체들이 유진 산업 부근에 매복하고 있었다.

 주변을 보니 그 사이에 인골이 더 늘어났다.

 아직 피가 채 마르지도 않은 걸 보니 일행들이 여기까지 오는 몇 시간 동안 생존자 몇이 더 죽은 것 같았다.

 놀라운 것은 유진 산업 입구에 생존자들의 배낭 몇 개가 놓여 있다는 점이었다.

 이게 무엇을 뜻할까?

 변이체 놈들이 낚시를 하듯 미끼를 던져두었다는 뜻이었다.

 생존자들이 오기를 기다리며 끈질기게 숨어 대기하고 있었다는 말인데.

"참으로 기가 막힐 노릇이군요."

"그러게 말일세. 변이체들의 지능이 이렇게까지 발전하다니."

다들 혀를 내둘렀다.

1세대 변이체들도 강력하긴 했지만 지능은 그리 높지 않았다.

여기서 한번 진화한 2세대는 약간의 지능을 가진 것이 특징이었다.

아주 뛰어난 수준은 아니었고 어린아이 정도의 지능이랄까?

그러나 세대를 거듭하여 돌연변이 수준이 된 놈들은 머리 쓰는 방식이 인간과 비슷했다.

인간을 먹고 진화한 것인지, 살아남기 위하여 머리를 쓰기 시작한 것인지는 몰라도 이제는 수준급에 달한 것이다.

간단한 낚시까지 가능할 정도면 추후에는 도대체 얼마큼 똑똑해질까?

그때에는 완전한 재앙이 내려앉는 것이다.

일행들은 창가에서 나와 잠시 회의를 했다. 무작정 놈들을 사냥한다는 것은 이제 불가능하게 됐다.

박 노인이 대충이나마 주변의 지도를 그렸다.

"이곳에 매복하고 있군."

"맞습니다."

박 노인의 그림 솜씨는 꽤 뛰어났다.

공간 지각력도 상당한 것인지 거리도 정확해 보였다.

유진 산업을 중심으로 네 개의 건물이 있었는데, 변이체들은 그곳에 한 마리씩 매복하고 있었다.

말라깽이 변이체는 3층에, 근육 돼지 변이체들은 각각 1층에서 매복하고 있었다.

다들 유진 산업에 집중하며 최소한의 움직임을 보이고 있었다.

한눈에 봐도 인간을 사냥하고 잡아먹은 지 얼마 되지도 않았는데, 이렇게까지 매복하여 기다리고 있는 것을 보면 놈들이 본능적으로 움직이던 시절은 지나갔다고 봐야 한다.

제론은 즉석에서 작전을 수립했다.

"한 마리씩 각개 격파하는 것이 답안 같습니다."

"나도 그리 생각하네."

"저도요."

"그 수밖에는 없지."

제론은 여기서 가장 가까운 건물 앞을 짚었다.

"여기서 다 죽여야겠습니다."

"가능하겠나?"

"여러분들이 엄호를 해 주시면 가능합니다."

"혼자 움직이겠다고?"

"저는 여차하면 차원의 문을 열면 됩니다. 마법도 사용할 수 있으니 죽지 않습니다. 하지만 어르신이나 여기 강씨 부녀는 다르죠."

제론은 논리 정연하게 다른 사람들이 직접 변이체를 상대하려는 것을 차단하였다.

사실 개조된 석궁만 있어도 변이체의 실드를 깨면 해치울 수 있었다.

발목 함정을 깔아 움직임을 둔화시킨 후, 제론이 실드를 깨면 석궁을 쏴서 죽이는 사냥 방식이었다.

운이 좋으면 오늘 유진 산업에 진입할 수도 있을 것이다.

계획을 세웠으니 이제 실행에 옮겨야 할 때였다.

일행들은 건물에서 내려와 최대한 조심스럽게 첫 번째 목적지를 향해 갔다.

유인을 할 장소에 촘촘하게 발목 함정을 깔아 둔다.

이곳은 첫 번째 변이체가 있는 곳에서 한 블록 떨어진 상가 건물 주차장이었다.

제론이 주차장 건물 뒤쪽에 서 있고, 나머지 사람들은 주차장을 중심으로 펼쳐진 건물 사방에 각각 매복하는 방식이었다.

주차장에 발목 함정 20개를 깔았다.

모든 준비를 마친 제론은 천천히 돼지 근육 변이체에게 접근하였다.

녀석은 1층의 주차장 기둥 뒤에 숨어 있었는데, 워낙에 덩치가 커서 완전히 가려지지는 않았다.

제론은 차량 뒤에서 석궁으로 근육 돼지 녀석의 엉덩이를 저격했다.

퉁!

퍼어어억!

"꾸어어어!"

쾅! 콰콰광!

근육 돼지는 엉덩이가 따끔거림과 동시에 난리를 치며 주변을 박살 내기 시작했다.

신기하게도 근육 돼지가 난리를 치고 있음에도 다른 변이체들은 움직이지 않고 오직 유진 산업 입구만 바라보고 있었다.

'단순히 성질을 부리는 것이라고 생각하나?'

그게 아니면 나름대로 불문율을 구축한 것인지도 몰랐다.

여러 명의 사람들이 나타나면 협력하지만, 한 명 정도의 사람은 각자 구역의 변이체가 독식을 하는 형식으로.

진실이 무엇이든 제론에게는 잘된 일이다. 계획대로 한 마리씩 격파가 가능할 것 같았으니까.

근육 돼지 변이체가 건물 밖으로 나와 미친 듯이 주변을 두리번거렸다.

그리고 근처의 차량을 닥치는 대로 부쉈다.

꽈직!

순식간에 승용차가 종잇장처럼 구겨졌다.

제론은 웃음기를 거두었다.

놈은 확실히 2세대 변이체보다 진화한 모습을 보여 주었다.

덩치가 1.5배는 커졌고 힘은 2~3배가량 강해졌다. 만약 놈이 휘두르는 주먹에 맞기라도 하면 제론은 뼈도 추리지 못하고 찢겨 나갈 터였다.

탓!

제론은 모습을 드러내고 곧장 함정들이 설치된 장소로 뛰었다.

그걸 근육 돼지가 발견하지 못할 리 없었다.

"우어어어!"

쿵! 쿵쿵!

마치 오우거가 뛰어오는 듯한 느낌이 났다.

변이체 놈이 오우거와 일대일로 싸우면 어떨까. 모르긴 해도 오우거가 일방적으로 두드려 맞다가 먹이로 전락하지 않을까.

그만큼이나 3세대 근육 돼지의 피지컬은 압도적이었다.

한 가지 단점이라면 근육에만 몰빵을 한지라 움직임이 상대적으로 느리다는 것.

웬만한 사람이 전속력으로 달리는 정도였기에 놈은 제론을 따라잡을 수 없었다.

 제론은 목표한 주차장에 이르러 뒤를 돌아보았다.

 촘촘하게 깔려 있는 함정들.

 주차장은 세 방위가 모두 막혀 있는 구조였기에 언뜻 보기에는 독 안에 든 쥐로 보일 수도 있었다.

 하지만 제론에게는 해당 사안이 없는 일.

 여차하면 차원의 문을 열고 도주하면 된다.

 제론은 도착하자마자 캐스팅을 했다.

 아직 2서클 마법을 익힌 것은 아니었지만 1서클 마법도 전보다 훨씬 강력해졌다.

 매직 미사일을 트리플 캐스팅하자 거대한 화살이 세 개나 생성됐다.

 근육 돼지가 주차장 안으로 뛰어 들어온 것은 그와 동시였다.

 쿵! 쿵쿵!

 미친 듯이 달려오는 근육 돼지.

 그러나 놈은 얼마 달리지 못하고 자빠졌다.

 콰직!

 "꾸어어어어!"

 발목 함정 하나를 정확하게 밟으면서 함정이 발목을 반쯤 파고들어 갔다.

박 노인이 이번에 개량한 발목 함정이었는데, 근육 돼지 놈의 발목을 완전히 자르지는 못했다.

그래도 고통은 심할 터.

놈은 하필 넘어지면서 발목 함정에 머리를 들이받고 말았다.

꽈직!

"끼에에엑!"

그러나 발목처럼 머리뼈가 뜯겨 나가지는 않았다. 그만큼이나 근육 돼지의 머리뼈가 두껍다는 의미였다.

제론은 바로 매직 미사일을 쏘았다.

쾅! 콰과과광!

C4 폭탄이 터진 것과 같은 굉음이 울려 퍼졌다.

가뜩이나 지구의 마력은 충만하여 강력한 파괴력을 만들어 냈는데, 얼마 전 제론이 2서클에 오르면서 파괴력이 3배 이상 향상되었다.

그 거대한 덩치가 뒤로 밀리며 바닥을 뒹굴었다.

변이체를 둘러싸고 있던 실드가 깨졌다.

"지금!"

제론은 육성으로 소리쳤다.

퍼버벅!

사방에서 석궁이 발사되어 근육 돼지의 머리에 꽂혔다.

다들 워낙에 오랜 시간 지구에서 생존을 해 왔기에 명사

수들이었다.

스코프를 통해 석궁을 갈기면 빗나가려 해도 빗나갈 수 없는 것이다.

머리 곳곳에 화살 세 발이 박혔고, 나머지 한 발이 매직 미사일에 직격된 부분에 틀어박혔다.

그 화살 하나가 유난히도 푹 들어가 머리를 관통했다.

어떤 생명체라도 뇌가 파괴되면 움직일 수가 없는 법.

쿠궁!

근육 돼지 변이체가 쓰러졌다.

검은 피가 사방으로 흘렀으며 놈의 몸에서 푸른 마력이 흘러나와 황금 열쇠로 흡수되었다.

동시에 황금 열쇠는 가득 충전된다.

일종의 레벨 업을 한 것처럼 마력이 더욱 증가된 것도 느껴졌다.

이제 황금 열쇠의 마력을 검술에 적용해도 될 정도였다.

제론은 조용히 주차장을 나와 보았다.

이 정도 난리를 쳤으면 변이체들이 달려올 법도 하였으나 놈들은 여전히 움직이지 않고 있었다.

'설마 변이체가 패했다고 생각을 하지 않는 건가?'

그럴지도 몰랐다.

고작 인간 따위가, 그것도 혼자 자신들을 사냥할 수 있을 거라고는 상상도 못 하는 것이 당연했다.

그들에게 있어 인간은 그저 초식 동물일 뿐이었다.

토끼가 아무리 강해져도 호랑이를 혼자 쥐어 팰 수 없는 것과 같은 이치다.

제론의 입꼬리가 슬쩍 올라갔다.

"그 오만함으로 너희는 모두 죽을 거야."

이제 한 마리씩 천천히 사냥하면 된다.

아무래도 오늘 황금 열쇠는 한 번 더 레벨 업을 할 것 같았다.

퍼버버벅!

마지막 변이체가 쓰러졌다.

나름 3세대로 진화한 놈들이라 그런지 심장이 꽉 조여지는 느낌이 있었다.

돼지 근육 놈들은 처리하기가 수월했지만, 말라깽이들은 더욱 빨라져 마지막에는 1미터 앞에서 저격을 당해 죽었다.

그나마 말라깽이 놈들의 뼈가 이 정도라 끝난 것이지, 발목이 잘리지 않았다면 제론은 카렌 대륙으로 바로 넘어갔을 것이다.

그의 뒤편에는 차원의 문이 닫히지 않은 채로 일렁거렸다.

"하……."

털썩.

제론은 그 자리에 주저앉았다.

다소 어려울 것이라고 예상은 했지만 역시 변이체 사냥이 쉬운 것은 아니었다.

애초에 변이체는 사냥을 하라고 있는 놈들이 아니었다.

제론조차 무리해서 처리했을 정도면 태극 연합 사람들은 매일같이 사상자가 발생할 것이다.

'머지않아 무너질지도 모르겠군.'

그 전에 태극 연합에서 최대한 물자를 가져와야 할 것으로 보였다.

이 험난한 세상에서 파밍을 계속하기 위해서는 2서클이 필수적으로 필요했다. 황금 열쇠를 이용한 검술 역시도 고안해 봐야 했다.

그런 작업이 선행되지 않으면 변이체들이 4세대로 넘어갔을 대, 지구의 파밍은 포기해야 하는 지경에 이를지도 몰랐다.

사냥이 끝나자 일행들이 다가왔다.

"자네, 괜찮은가?"

"아저씨! 다치신 곳은 없어요?"

"보다시피."

제론은 어깨를 으쓱였다.

다소 놀랐을 뿐이지 조금의 상처도 없었다.

이번 사냥으로 인해 제론은 막대한 이익을 봤다.

한눈에 봐도 황금 열쇠가 심상치 않았으니까.

제론은 박 노인이 내미는 손을 잡고 일어났다.

"고생했네."

"아닙니다. 어르신이 고안하신 무기 때문에 쉽게 사냥했습니다."

"허허, 도움이 되었다니 다행이군."

도움이 된 정도가 아니라 박 노인의 무기가 없었으면 아예 사냥을 할 엄두조차 내지 못했을 것이다.

일행은 천천히 유진 산업 앞으로 이동했다.

대부분 건물이 망가져 있었지만 유일하게 멀쩡한 곳이 지하 창고다.

여기까지 오는 동안 얼마나 고생을 했던가.

제론은 심호흡을 한번 하고 지하 창고로 내려가는 문에 열쇠를 꽂았다.

철컥!

묵직하게 열쇠가 돌아갔다.

그러나 역시 이대로는 문이 개방되지 않았다.

열쇠 구멍 옆에는 전자식 터치스크린이 암호를 요구하고 있었다.

단순한 4자리 암호가 아니라 특수 문자와 영문, 숫자까지 섞어야 했기에 암호를 모르면 사실상 유진 산업의 출입구는 열지 못한다는 뜻과 같았다.

[10초 안에 입력해 주세요. 3회 실패 시 경보가 울립니다.]

경보가 울린다는 살벌한 문구가 떴다.
지금 같은 시국에 경보가 울렸다가는 자살 폭탄을 터뜨리는 것과 같은 효과를 줄 것이다.
제론은 오프린 밀 농장에서 주운 암호를 신중하게 입력했다.
다행히 한 번에 암호가 작동하였다.
한숨을 내쉬는 사람들.
잠금 장치가 돌아가기 시작했다.
철컹! 철컹! 철컹!
도대체 장치가 몇 개나 있는 걸까.
연쇄적으로 잠금이 풀리는 소리와 함께 금고와 비견될 만한 육중한 문이 열렸다.
위이이잉!
발전기 돌아가는 소리와 함께 내부에 불이 켜졌다.
사방이 강철로 막혀 있었으며, 환풍기로 내부의 공기를 순환시키는 구조였다.

이만하면 완전 밀폐형이라고 봐야 했다.

제론은 오프린 밀 농장에서 주웠던 남자의 메모장을 떠올렸다.

[유진 산업 창고는 이론상 전쟁에도 버티도록 설계되어 있다. 핵이라도 떨어지지 않는 이상 재난이 발생했을 때 유진 산업 창고로 향하는 것이 가장 바람직할 것이다.]

실로 안타까운 일이었다.

만약 남자가 유진 산업에서 업무를 보고 있었을 때라면 아직까지 살아남아 있을지도 몰랐다. 그 남자는 이 강철문의 혜택을 받지 못하고 죽은 것이다.

일행들이 모두 들어오자 문은 자동으로 닫혔다.

철컹! 철컹! 철컹!

다시 자물쇠들이 잠겼다.

안으로 들어오는 것이 어렵지, 밖으로 나가는 것은 쉬웠다.

원터치만으로도 모든 잠금 장치가 풀리도록 설계되어 있었다.

일행이 고개를 돌려 내부를 살폈다.

1층은 기계로 가득 차 있었다.

포장 라인들이 6개나 되었으며, 한쪽에는 곱게 포장된

박스들이 쌓여 있었다.

대략 컨테이너 하나 분량 정도였다.

일본어와 영어, 프랑스어 등으로 만들어진 박스는 수출을 위해 준비 중인 것으로 보였다.

강유정은 포장된 박스들을 유심히 살폈다.

"밀가루부터 시작해서 찹쌀, 콩, 옥수수까지. 한국 곡물이 의외로 인기였네요."

"나는 그런 말을 들어 본 적이 없는데."

오히려 수입국이었지, 한국이 곡물 수출국이라는 소리는 들어 본 적도 없었다.

하지만 증거가 눈앞에 버젓이 있었다.

오프린 법인은 우수한 고급 곡식을 생산하여 수출했던 것으로 보였다.

제론은 높게 쌓아 올린 상자를 보며 가슴을 쓸어내렸다.

생존자들이 이 사실을 알게 된다면 엄청난 분쟁이 발생할 수 있을 정도의 양이었다.

일행들은 컨테이너 벨트를 지났다.

곡식이 담기고 포장되는 일련의 과정들이 모두 자동화로 이루어졌다.

컨테이너 벨트 시작점에는 거대한 원통의 곡식 보관소도 보였다.

반쯤 담겨 있는 것을 보니 저기만 털어도 지구에서 교환

할 물건은 충분히 확보할 수 있을 것이다.

다만, 여기서 직접 물건들을 들고 나가면 언젠가 꼬리가 밟히기 마련이었으니, 당분간은 유진 산업과 카렌 대륙을 오가며 이곳의 물건들을 가지고 넘어가는 것에 집중해야 할 것이다.

팰릿 위에 가지런히 박스들이 정리되어 있었고 지게차도 있었기에 카렌 대륙으로 옮기는 것 자체는 어렵지 않다.

무게 제한 때문에 시간이 오래 걸릴 뿐.

일행은 안내판 앞에 섰다.

여기가 유진 산업 창고라는 것은 알았지만 내부 구조가 어떻게 되어 있는지는 알 수 없었기 때문이다.

구조는 총 3층.

1층은 포장소, 지하 1층은 곡식이나 여러 제품들이 보관되어 있는 창고였다.

지하 2층에는 직원 휴게소와 식당, 여러 가지 편의 시설들이 있었다.

강유정이 구조도를 보더니 혀를 내둘렀다.

"멸망 이후 한 번도 사람 손을 타지 않았다면 대박이에요."

"통조림 정도는 버티겠지만 곡식류는 포장된 것이 아니면 버려야 할 것 같은데."

"1차 포장을 마쳤길 바라야죠. 1층은 상품화 과정을 위한 최종 단계 포장이잖아요?"

"그럼 베스트지."

곡식들이 꽤 오래되어 포장된 상품이 아니라면 먹을 수가 없을 것 같았다.

물론 그건 배부른 사람들의 이야기이고, 지구를 살아가는 사람들은 다르다.

"포장되지 않은 곡식은 태극 연합과 거래를 할 때 협상 카드로 사용해도 될 것 같군요. 게다가 이런 시설 자체도 협상 카드가 되죠."

"어? 그러네?"

"좋은 생각인 것 같군."

전쟁이 나도 버틸 수 있는 구조를 가진 창고였다.

전기도 사용 가능하였으며, 빗물을 받아 물을 모으는 구조였기에 최소한 물 걱정은 하지 않아도 된다.

게다가 이 정도의 미포장된 곡식 정도라면 상당히 오랜 시간 버틸 수 있지 않을까?

엘리베이터가 있었지만 굳이 전력 낭비는 할 필요가 없었다.

일행들은 지하 2층으로 향하는 계단을 내려갔다.

정말 오랜만에 보는 멀쩡한 시설이었다.

지구가 망한 후에는 이토록 깔끔하고 관리가 잘된 시설은 찾기가 힘들었다.

기본적으로 시체가 깔려 있었고, 핏자국이 가득하였으니까.

먼지도 그리 많지 않았다.

아마 곳곳에 설치된 자동 환기 시스템 때문에 오랜 시간 청소를 하지 않았어도 이렇게 버티고 있는 것 같았다.

놀라운 사실은 시설 전체의 온도를 제어할 수 있는 시스템이 탑재되어 있다는 점이다.

외부 온도와 관계없이 실내가 일정하게 온도를 유지한다는 것은 웬만한 시스템으로 되는 것이 아니다.

유진 산업 지붕 전체를 채우고 있는 태양광 시설이 있었기에 지금까지 버티고 있는 것이었다.

창고로 사용된다는 지하 2층.

[상품 보관 창고]

창고의 문을 열자 어마어마한 광경이 펼쳐졌다.

여기저기 2차 포장이 되지 않은 제품들이 가지런하게 쌓여 있었다.

족히 수십 톤은 넘어가는 제품들 아닌가.

역시 밀가루와 쌀, 통조림 등이 가지런히 쌓여 있었다.

절로 혀가 내둘러지는 양이다.

이곳의 물건들을 카렌 대륙에 쌓아 놓기만 해도 든든할

것 같았다.

"이게 외부에 알려지면 전쟁이 나겠군."

"그러게 말입니다."

박 노인은 이곳에 쌓인 엄청난 양의 1차 제품들을 보는 순간 그리 말했다.

약탈자들은 물론 생존자 집단들도 모조리 몰려들 것이다.

어떤 지옥이 펼쳐질지는 뻔히 짐작할 수 있는 일이었다.

유진 창고에 대한 정보는 이곳의 제품들이 모두 빠져나가기 전까지는 함구해야 한다.

"이곳에 있는 제품들을 태극 연합에 공급한다면 그 대가로 무구들을 받아 낼 수도 있을 것이네."

"좋은 방법 같습니다."

"카렌 대륙에 식량이 부족한 것은 아니지 않나."

"수입을 하면 되기는 하죠."

카렌 대륙에서는 식량을 구할 수 있는 방법이 다양했다.

국내에서 기근이 발생하면 어떻게든 외국에서 수입하는 것이 가능했다.

하지만 지구에서는 식량을 구할 수 있는 방법이 한정적일 것이니, 어떻게든 이곳의 노동력을 쓸 수 있는 것이다.

연결 고리를 만들어 놓을 수 있다면 굳이 지구인들을 카렌 대륙으로 데려가지 않아도 노동력을 뽑아 쓰는 것이 가능해진다.

아무리 카렌 대륙 기술자들을 훈련시켜도 지구인들에 비해 부족한 것이 사실이니까.

지구에서는 필요한 부품을 비교적 쉽게 구할 수 있다는 장점도 있었다.

제론과 일행들은 끝도 없이 펼쳐진 창고 내부를 둘러보고는 지하 2층으로 발길을 돌렸다.

이곳은 저온 창고였기에 체온이 슬슬 떨어지고 있었기 때문이다.

창고를 나오자 기온이 급격하게 상승했다.

지하 2층으로 내려가는 길에는 곳곳에 스프링클러들이 보였다.

화재경보기를 비롯하여 CCTV까지, 여러 장치들이 되어 있는 것이다.

별생각 없이 내려가는 제론과 다르게 강유정은 CCTV를 보며 고개를 갸웃거렸다.

"관리자가 있었던 모양인데요?"

"그러고 보니."

이 정도 보안 시설이 된 곳에 관리자 하나 없다는 것은 말이 되지 않았다.

최소한 당직을 위한 경비 한 명은 있어야 하는 것 아닌가 싶었다.

그들의 의문은 지하 2층으로 내려와서 풀렸다.

지하 2층으로 들어가는 입구에는 경비가 상주하는 초소가 있었다.

그 앞에 ID 카드를 긁고 들어갈 수 있는 체크기가 놓여 있다.

초소 안은 어떨까.

CCTV의 화면이 송출되는 모니터가 아직까지 작동되었다.

다만, 초소는 텅텅 비어 있었다.

굳이 2층을 샅샅이 뒤지지 않아도 지하 2층의 규모가 어떤지, 어떤 시설들이 있는지 충분히 알 수 있었다.

식당과 화장실은 물론이고 직원들이 쉴 수 있는 휴게실도 있었다.

탈의실을 비롯하여 아이들이 놀 수 있는 놀이방까지 갖추고 있는 것을 보니, 유진 산업은 좋은 기업이었던 것 같다.

비품실의 비품들이 꽉 차 있는 것도 마음에 들었다.

특히나 커피.

비품실 한쪽을 가득 채우고 있는 믹스커피들은 보는 것만으로도 마음이 든든해졌다.

이만하면 대형 마트를 통째로 하나 터는 것과 마찬가지의 성과다.

하지만 어디에도 사람의 흔적은 보이지 않았다.

"어? 여기요."

강유정은 수십 개의 모니터를 살피다가 기어이 사람의 흔적을 발견했다.

샤워실 구석에 미라 한 구가 매달려 있었다.

지금이야 세월이 워낙에 흘러 미라가 되었으나 한눈에 봐도 경비가 스스로 목숨을 끊었다는 사실을 알 수 있었다.

"외로움과 싸우다가 자살한 것이 아닌가 싶네요."

"이 많은 물자를 두고 자살하다니."

"그렇다고 밖으로 나가기에는 두려웠던 모양이죠. 여긴 시내 한복판이고 변이체가 지천에 있으니까요. 살아 있는 인간들이 변이체보다 더 무서웠을 거예요. 그래서 문을 열지 못했던 것이고."

"혼자 살다가 미쳐서 목숨을 끊은 모양이군."

"그렇다고 봐야죠."

강유정의 추론이 정확한 것 같았다.

경비에게는 상당한 불행이었다.

혼자 경비를 서는 것이 임금을 받는 일이라면 그럭저럭 할 만하지만 이 넓은 시설에서 혼자 생활하는 것이라면 우울증에 시달리다가 스스로 목숨을 끊는 것도 충분히 있을 수 있는 일이었다.

"음?"

천천히 CCTV를 살피던 강씨가 이번엔 엄청난 발견을 했다.

"종자 보관실?"

"뭐!?"

"정말이네요?"

저온 창고로 보였으며 종자 보관실 내부가 CCTV를 통하여 비춰지고 있었다.

보관실 안에는 포장이 되어 있는 종자들이 한가득 있었다.

지금까지 종자를 파밍하기 위해 얼마나 노력을 기울여 왔던가?

몇 가지 종자를 얻기는 했어도 이렇게 훼손되지 않은 상태의 종자가 모여 있는 장소는 처음이었다.

"저기부터 가 보자고."

일행은 발길을 옮겼다.

CCTV 화면만으로는 무슨 종자가 있는지 알 수 없었으므로 육안으로 확인해 보고자 하는 것이다.

종자 보관실의 문도 별로 어렵지 않게 열렸다.

레버를 돌리자 공기가 빠지는 소리와 함께 냉기가 훅 흘러나왔다.

종자 보관소 내부 온도는 거의 냉장고 수준이었다.

그리고 펼쳐진 수많은 종자들의 향연.

[오프린 밀]
[단군미]
[토종 찹쌀]
[서리태]
[찰옥수수]
……

그야말로 눈이 튀어나올 정도의 종류와 양이었다.
단순히 곡식뿐만이 아니라 감자와 고구마 등의 구황 작물들도 있었다.
여기서 단연 눈에 띄는 것은.
"사탕무?"
정말 별게 다 있었다.
아무래도 잭팟이 터진 것 같다.

가을걷이가 끝난 페로우 영지는 초겨울에 접어들었다.
 땅이 얼어붙기 시작하였고 장벽 너머에는 매서운 한파가 몰아쳤다.
 왕국 중부만 내려가도 이 정도는 아니었지만, 북부에는 일찍 겨울이 찾아온 것이다.
 이런 날씨에도 영지민들은 작업을 멈추지 않았다.
 영지 전체에 일하지 않으면 살아갈 가치가 없다는 기조가 깔리기 시작하여 도저히 움직일 수가 없을 정도의 날씨만 아니라면 어떻게든 공사가 진행됐다.
 이런 고집스러움에 제론은 영지민들이 동사하는 것을 방지하기 위하여 공공사업의 근무 시간을 오전 9시부터 5시까지로 단축해야 했다.

임금은 가을에 지급하던 그대로 동결이었다.

이 추운 날씨에 일하는 것이 힘들었기에 이 점을 참작하여 임금을 그대로 지급하기로 결정했다.

영지의 발전이 이어지는 한편으로 군사 훈련도 멈추지 않았다.

실외에서 훈련을 하기 힘든 날씨에는 실내 훈련장에서 신병을 교육하였으며, 내년 봄 안에 정예병을 뽑아내기 위해 노력했다.

영주인 제론 역시 바쁘게 시간을 보냈다.

지난 한 달 동안은 유진 산업과 카렌 대륙을 오가며 그 안에 있는 물건들을 가져오는 한편, 각종 사업이나 전쟁 준비를 이어 나갔다.

다행히 지구에서의 활동량은 많은 편이 아니었다.

지게차를 이용하여 단숨에 페로우 영지의 창고를 채워 나갔으므로 작업 시간은 한 시간이 채 걸리지 않았다.

유진 산업 지하에 있던 종자들은 모조리 가져와 내년 봄에 심을 준비를 했다.

공방 역시 쉴 틈이 없었다.

내년에는 최소한 3천의 병력은 만들어 출병을 해야 했기에 영지군의 완전 무장을 위해서라도 대장간에서는 끊임없이 불을 뿜어야 했다.

그 밖에.

마차나 밀가루, 공예품, 특산물 등 무역도 이어 나가며 돈을 쓸어 담았다.

몇 년 안에 영지는 부강해질 것이다.

지구에서의 파밍이 끝난 후 평탄한 삶을 이어 나가고 있던 제론은 라막 족장으로부터 서신을 받았다.

"의외로군. 라막 족장이 서신을 보내다니."

"급한 일이다! 족장이 답신을 받아 오라고 했다!"

전령으로 온 바바리안은 안절부절못했다.

라막이 얼마나 전령을 갈궈 댔으면 똥 마려운 강아지 표정일까.

바바리안들과의 교역은 안정적으로 이루어지고 있었다.

날씨가 추운 것은 별로 문제가 되지 않았다.

오히려 이 추운 날에는 식량 값이 비싸졌기에 상인들은 눈보라를 뚫고서라도 상행에 나서려 했다.

딱히 바바리안들과 마찰도 없었는데 급하게 서신이 도착한 것이다.

제론은 바로 전령의 바람대로 곧바로 서신을 폈다.

친애하는 페로우 자작님.

많은 바바리안들이 귀하의 정책에 만족하고 있으며, 덕분에 저희는 따듯한 겨울을 날 수 있게 되었습니다.

또한 귀 영지의 전력이 어떤지 직접 보게 된 바바리안 전사들이 각 부족에 전파를 하여 아툰 왕국과 페로우 영지는 강하다는 인식이 자리 잡게 되었지요.

 문제는 모든 바바리안들이 그리 생각하지는 않는다는 점입니다.

 …중략….

 하얀 새 부족이 바바리안 족장 회의에서 가결된 내용을 무시하고 군대를 모으고 있습니다.

 그 숫자는 1천에 이르며 부유한 페로우 영지를 약탈하자고 각 부족을 부추기는 형국입니다.

 다행히 제가 나서서 다른 부족장들의 동요는 막았으니, 하얀 새 부족의 도전을 페로우 영지가 어떻게 막아 낼지 관망하는 추세입니다.

 하얀 새 부족은 출병 준비를 마쳤으며, 앞으로 일주일 안에 귀 영지의 권역에 닿을 것 같습니다.

 귀하가 패할 것이라고는 생각지 않습니다.

 부디 하얀 새 부족을 격파하시어 양 세력의 균형이 이루어졌으면 하는 바람입니다.

"하, 이 새끼들 보게?"
"빨리 답신을 가져가야 한다!"
여전히 안절부절못하고 있는 바바리안.
제론은 전령에게 대설원의 분위기가 어떤지를 물었다.

"이봐. 모든 바바리안들이 우리와 적대하려는 건 아니겠지?"

"그런 멍청한 짓은 하얀 새 부족만 한다! 나 역시 붉은 오크 토벌에 참전을 했었는데, 페로우 영지와 싸우는 것은 바보라는 것을 깨달았다!"

"그래, 하얀 새인지 뭔지만 말썽이라는 거 아니냐."

"맞다! 이야기 끝났으면 빨리! 대설원 족장들, 답신을 기다린다."

"내려오라고 해. 순식간에 쓸어 줄 것이니."

"알겠다!"

제론은 전령에게 그리 말하긴 했지만 라막 족장에게 서신을 따로 썼다.

눈앞의 이 어리바리한 전령이 믿음직스럽지 않아서다.

서신을 받은 제론은 곧바로 영지의 지휘관들을 불러들였다.

제임스 경과 제널드 경, 가르시아 경, 레일라 경 등이 한자리에 모였다.

이 자리에는 정보부 수장으로 승진한 샤를렌까지 함께였다.

샤를렌은 부 수장에 앉히려 하였으나 그녀의 뛰어난 실력을 기사들도 인정했고, 제론 역시 상당한 인재라고 판단했는지라 고속 승진하여 여기까지 왔다.

제론은 가신들에게 라막 족장이 보낸 서신들을 읽게 했다.

"하! 이 육시를 할 놈들을 보았나!"

"영주님! 바로 출병해야 합니다!"

"이번 건은 그냥 넘어갈 수가 없군요."

모든 기사들이 아우성이었다.

레일라 경이 그나마 차분했지만 그녀 역시 도전자들을 쓸어버리자는 것에는 이견이 없었다.

제론은 새롭게 정보부 수장이 된 샤를렌의 의견도 물었다.

"경은 어찌 생각하나?"

"압도적인 힘을 보여 줄 필요가 있다고 생각해요."

"압도적인 힘?"

"우리 왕국은 내년 봄에 라피스 왕국을 치기 위해 출병하게 될 텐데, 바바리안들이 설치면 곤란해져요. 더 이상 남하하지 못하도록 못을 박는 것이 좋다고 생각합니다."

"참교육을 하자는 건가?"

"참교육이라……. 좋은 표현이네요. 하얀 새 부족은 전멸시키고 그걸 관망하는 바바리안 전체를 참교육해야 합니다.

"내 생각도 같다."

지휘관들도 모두 고개를 끄덕였다.

감히 바바리안들이 페로우 영지를 넘보지 못하도록 철저하게 짓밟아 버리는 것이 중요했다.

제론이 대전쟁에 참전하고 있을 때, 바바리안들이 쳐들어온다면 그만한 곤욕이 없었다.

전쟁에서 승리하고 난 이후에도 페로우 영지가 망가진 꼴을 보지 않으려면 이번 기회에 확실히 밟아 놓아야 하는 것이다.

"각 지휘관들은 공방과 협조하여 최적의 장소를 선별하라."

"예, 영주님!"

제론은 이번 전투를 위해 지구의 신병기(?)들을 사용하기로 마음먹었다.

단순히 군용 트럭에서 구한 클레모아뿐만이 아니라 개인화기를 사용하여 압도적으로 쓸어버리는 것이다.

도전한 부족에 대해서는 단 한 명도 생존자가 있으면 안 된다.

대량 살상을 위해서는 여러 가지 장치들이 필요할 것이다.

그날 밤.

제론은 지구인 출신 생존자를 한자리에 모았다.

강씨 부녀와 박 노인까지.

아직 박 노인 손녀의 정신은 회복된 것이 아니어서 제외했다.

박 노인과 강씨 부녀도 가신이었기에 대충 상황이 어떻게 돌아가는지는 들었다.

영지의 지휘관들은 바바리안 부족이 쳐들어온다는 소식에 굉장히 흥분하였으나 지구인들은 그렇지 않았다.

"고작 천 명이요?"

"그래."

"그 정도로는 아군의 털끝도 건들 수가 없을 텐데요."

강유정은 별것 아니라는 듯이 말했다.

이렇게 생각하는 것은 박 노인과 강씨도 마찬가지였다.

원거리 무기조차 제대로 갖추지 않고 피지컬로 적을 상대하는 바바리안 따위야 별문제도 아닌 것이다.

"기관총 두 정이면 충분할 것 같군."

"기, 기관총이요?"

"왜 그리 놀라나? 자네는 지금 태극 연합과 관계를 맺고 있다네. 그들의 본거지를 방문하면 기관총 한 정 구하는 것이 뭐 그리 어려운 일이겠나?"

"좋은 생각입니다."

박 노인의 제안에 제론은 무릎을 탁 쳤다.

그러고 보니 태극 연합이 있었다.

지금껏 제론은 유진 산업을 오가면서 물자를 쌓기에 바빴지, 그들의 본거지를 방문할 생각은 못 하고 있었다.

유진 산업 지하 창고에 있는 물건들을 지구로 옮기는 것만으로도 황금 열쇠의 마력이 부족하였던 것이다.

애초에 제론이 이렇게 열심히 파밍을 하여 창고에 물건을 쌓는 것은 지구에 존재하는 하이테크놀로지를 들여오기 위해서였다.

쇼바 때문이라도 한 번은 방문하려 했다.

대량의 물자를 태극 연합에 매각하기만 해도 바바리안들을 순식간에 쓸어버릴 만한 무기들은 나온다.

다만 강씨는 물자를 옮기는 자체에 신경을 많이 썼다.

"대량의 무기를 구매하려면 상당한 양의 식량이 필요할 텐데, 어떤 식으로 운반을 하려고 하나?"

"차량으로 옮기는 것은 무리겠지?"

"소리가 너무 커서 잘못하면 변이체들의 표적이 될걸세."

"그렇다면 별수 없지. S마트와 가까운 건물에 물자를 옮기고 사람을 불러 가져가게 하는 수밖에."

"좋은 방법이군."

굳이 제론이 직접 옮길 필요는 없었다.

수백 킬로그램 정도의 식량만 가져다 놓아도 태극 연합이 목숨을 걸 근거는 된다.

현재 황금 열쇠의 마력으로는 하루에 500kg 정도의 식량을 옮길 수 있었다.

태극 연합과 거래를 하기에는 충분하고도 남는 양이다.

"오늘 다녀오겠습니다."

"혼자서 괜찮겠나?"

"사람을 데려가면 그만큼 옮길 수 있는 물건이 줄어듭니다. 한 300kg 정도의 밀을 가져가 보고 얼마나 무기를 살 수 있는지 봐야겠습니다."

"효과적인 설계를 위해 몇 가지 무기들이 더 있으면 좋겠는데 말이야."

"예를 들면 어떤 무기 말입니까?"

"별 건 아니고, RPG7 정도? 막강한 화력도 중요하지만 적을 놀라게 하는 것이 더 중요하지 않겠나?"

"좋은 생각입니다. 구매 목록에 적어 두겠습니다."

지구인들의 머리에서 여러 가지 아이디어들이 쏟아져 나왔다.

이미 그들에게는 페로우 영지가 패배한다는 가정은 존재하지 않았다.

어떻게 하면 적들에게 막대한 피해를 줄지, 그리고 얼마나 빠르게 쓸어버리고 참교육을 시킬 수 있는지가 중요했다.

쿨링!

제론은 수면을 통과하는 느낌과 함께 지구로 돌아왔다.

여전히 싸늘한 창고 안.

지난 한 달 동안 꾸준히 창고 안의 물건들을 카렌 대륙으로 나른 결과, 이제 창고는 반 이상이 비었다.

하루에 500kg을 나를 수 있는 제론이었기에 지금까지 실어 나른 양은 엄청난 수준이다.

만약 제론이 지구에서 유진 산업 창고를 손에 넣었다면 가족들을 잃고 본인마저 변이체에 찢겨 죽지는 않았을 것이다.

다소 씁쓸한 느낌이 들었다.

고개를 흔들고 정신을 집중하자 환풍기 필터와 냉기가 흘러나오는 소리만 주변에 흘렀다.

오늘은 이곳의 물건을 카렌 대륙으로 실어 나르는 것이 목적이 아니다.

유진 산업을 나가 태극 연합 본거지 주변까지 가야 한다.

적당한 건물을 찾고 300kg 정도의 물건을 나른 후 태극 연합과 접촉하는 것이 목표였다.

하루 만에 모든 일을 끝내기 위해서는 지금부터 바쁘게 움직여야 한다.

제론은 창고를 나와 경비실을 찾았다.

이곳에서는 CCTV 화면을 모두 확인할 수 있다.

외부의 CCTV 몇 개가 고장 나긴 했지만 대체적으로 잘 작동되었다.

"……."

휑하게 낙엽만 굴러다니는 거리.

그사이에 봄기운이 만연하여 거리는 초록빛으로 변했다.

이리저리 CCTV를 움직이며 주변에 변이체가 있는지를 살폈다.

다행히도 이 주변에 변이체는 존재하지 않았다.

지난 한 달 동안 제론은 혹시나 변이체가 자리 잡지 않는지 확인을 해 왔지만 그런 낌새는 전혀 보이지 않았던 것이다.

이만하면 주변 정찰은 충분히 됐다.

"그럼 나가 볼까?"

쿠구구궁!

육중한 철문이 열렸다.

외부의 어떤 침입도 막아 내겠다는 듯 움직이는 출입구는 실제로 지금까지 모든 외부의 위협을 막아 왔다.

제론이 안심하고 파밍에 집중할 수 있었던 것도 모두 이 튼튼한 문 때문이었다.

휘이잉.

문을 닫고 밖으로 나오자 따뜻한 바람이 불었다.

제론이 처음 지구를 방문했을 때만 해도 카렌 대륙은 무더웠고, 이곳의 날씨는 혹한에 가까웠다. 하지만 이제는 서서히 역전되고 있는 중이다.

카렌 대륙이 겨울로 접어들었고 지구의 날씨는 서서히 풀리다 못해 따듯해졌으니까.

제론은 건물과 건물 사이를 이동하며 변이체들이 주변에 없는지 신경 썼다.

주변에는 적이 없다는 것을 확인했으니 가까운 상가 건물로 올라가서 주변을 살펴야 했다.

드론이 있다면 좋겠지만 박 노인의 거처까지 가기에는 무리가 있었다.

박 노인의 거처로 향하기 위해서는 어차피 태극 연합을 거쳐야 하니, 은신처로 가는 것은 바바리안들을 참교육하고 난 이후가 될 것이다.

유진 산업 근처 상가 건물.

1층의 유리는 모조리 박살 나 있었고, 역시나 그로테스크한 모습이 펼쳐져 있었다.

3단계로 진화한 변이체들이 얼마나 유진 산업 앞에서 낚시질을 해 댔으면 이곳에서까지 인골이 무더기로 나왔다.

미라는 아니었고 썩은 냄새가 진동을 하는 걸 보면 죽은 지 오래되지 않은 사체들이었다.

꽈득! 꽈드드득!

제론은 어쩔 수 없이 깨진 유리를 밟으며 나아갔다.

날카롭게 유리가 깨지는 소리가 들릴 때마다 멈추어서 주변을 살피기에 여념이 없었다.

이로써 제론은 깨달았다.

혼자 다니는 것보다는 역시 동료들과 함께 다니는 것이 정신적으로 훨씬 여유롭다는 것을 말이다.

박 노인은 제론이 떠나기 전에 신신당부를 했었다.

[한 씨, 혹여 지구에서 활동을 하다가 힘에 부치는 순간이 오면 지체 없이 이 늙은이에게 오게. 나야 곧 죽어도 억울하지 않은 몸이니 힘이 닿는 순간까지 돕겠네.]

박 노인의 마음 씀씀이가 느껴지는 말이었다.

제론은 웃으면서 거절했으나 정신적인 피로감이 꽤 심했다.

건물 계단으로 들어서자 오래되어 굳어 있는 핏자국을 제외하고 새롭게 생긴 핏자국이 있었다.

이 건물은 한 달 전 일행들과 함께 방문했을 때에 함께 올라간 적이 있었다.

그 당시에 없던 핏자국이 생긴 것이라면 생존자가 이곳을 방문했다가 봉변을 당했다는 뜻이 됐다.

스르릉.

제론은 검을 앞세웠다.

최근 제론은 황금 열쇠의 마력을 검에 주입하는데 성공했다.

검이 마법만큼 강력한 파괴력을 내는 것은 아니었으나 여차하면 변이체의 실드를 가르고 치명적인 타격을 가할 정도는 된다.

쏴 봐야 통하지 않는 총 따위보다는 검이나 석궁을 앞세우는 것이 나았다.

다행히 옥상까지 올라오는 동안 아무런 일도 일어나지 않았다.

옥상 구석에 널려 있는 인골 때문에 눈살이 찌푸려질 뿐.

'슬슬 냄새를 풍기기 시작하는데.'

겨울에는 시체가 부패하지 않는다.

부패가 일어난다고 해도 굉장히 서서히 일어났다.

하지만 봄이 되니 여기저기서 썩은 냄새가 진동하기 시작하는 것이다.

제론은 옥상의 문을 닫고 혹시나 모를 사태에 대비하여 쇠막대기를 걸어 두었다.

이걸로 변이체의 침입을 막기는 힘들겠지만 위급 시, 잠간 피할 틈 정도는 벌어 줄 것이다.

제론은 난관에 바짝 붙어 머리만 내놓은 채로 망원경으로 주변을 살폈다.

끼에에엑-!

멀리서 들리는 변이체의 괴성.

역시 서산 시내는 마음을 놓을 수가 없는 곳이었다.

총기가 난사되는 소리도 들렸다.

이어지는 끔찍한 비명 소리.

"끄아아아악!"

서산 시내 전체가 진동하는 것 같았다.

제론은 소리가 난 방향으로 망원경을 급하게 돌렸다.

일남 일녀의 생존자 무리가 변이체들에게 쫓기고 있었다.

이곳과의 거리는 대략 1km 정도.

원래는 남자 둘에 여자 하나였겠지만, 그중 한 명이 변이체에게 당한 것 같았다.

놈들은 3세대로 진화한 변이체들이었으며, 네 마리가 한 조를 이루며 좁은 골목으로 몰아갔다.

"음."

제론의 입에서 절로 신음이 새어 나왔다.

단순히 생존자들이 안타깝다는 생각이 들어서가 아니라 변이체들의 협동 공격이 확실히 전 세대보다 진보했기 때문이다.

1세대 변이체가 본능만 남았었다면, 2세대부터는 약간 지능적으로 변하기는 했었다.

하지만 이제는 저런 식으로 골목으로 몰아넣어 사냥을 하는 것이다.

결국 남녀는 말라깽이 변이체들에 의하여 사지가 분리되었다.

오체가 분시되었다는 표현이 딱 맞았다.

제론은 더 이상 보기가 힘들어 망원경을 돌렸다.

지구에서 살아갈 때부터 지겹게 보아 온 장면이었지만 적응이 되지 않는 것은 여전했다.

'여기서 거리가 1km 정도면 들키지 않고 이동할 수 있지.'

한 가지 다행스러운 일은 예전에 비해 시내의 변이체의 숫자 자체가 많이 줄었다는 것.

이는 최근 들어 생긴 변화였다.

제론과 박 노인의 손에 죽은 약탈자들이 며칠 동안 끊임없이 서산 시내의 변이체들을 밖으로 빼내기 위해 노력한 결과 그나마 시내가 한적해진 것이다.

그래도 방심은 금물이었다.

변이체들은 세대를 거듭하여 발전했고, 조금이라도 방심하는 순간 먹이가 될 테니까.

제론은 지도에 변이체들이 이동하는 것을 체크하였다.

'빌어먹을 새끼들.'

이제 변이체들은 대놓고 돌아다니는 횟수가 줄었다.

유진 산업에서 매복을 하고 있었던 것처럼 파밍을 해야 할 것 같은 장소 주변에 숨어 생존자를 기다렸다.

안전하게 가려면 200m 정도 이동한 후에 가까운 건물 옥상으로 올라가 계속 변이체의 움직임을 확인하는 수밖에 없었다.

S마트가 훤하게 내려다보이는 상가.

유진 산업과 이곳의 거리가 그리 멀지 않았음에도 불구하고 한 시간이나 걸렸다.

여기까지 오는 동안에도 총소리와 변이체의 괴성이 간간이 울려 퍼졌다.

제론은 그때마다 멈추어서 상황을 확인했고, 200m마다 사주를 경계하며 이동하였기에 시간이 오래 걸린 것이다.

부담이 느껴질 때마다 박 노인을 데려와야 하나 고심했지만 제론은 그러지 않았다.

공방 사람들과 함께하는 것은 유진 산업을 처음 파밍할 때와 같은 심각한 상황이 발생할 때에 한해서다.

혼자의 힘으로 도저히 돌파를 못 할 것 같을 때나 힘을 빌리는 것이지, 일반 파밍 시에는 제론 혼자 다니는 것이 편하고 안전했다.

긴장감 때문에 심력이 소모되는 것은 어쩔 수가 없었지만.

제론은 상가 옥상에서 S마트 부근을 한번 살펴보았다.

한 달 전보다 더욱 방어가 견고해졌으며 인원도 충원을 한 것으로 보였다.

각 바리케이드마다 군인들이 배치되어 사주를 경계하고 있는 중이었다.

몇몇 바리케이드는 부서져 보수를 하긴 했으나 여전히 잘 버티고 있었다.

이만하면 태극 연합이 안전하다는 것을 확인했기에 제론은 상가에서 내려와 바리케이드 쪽으로 걸어갔다.

제론의 손에는 백기가 쥐어져 있었다.

양손을 들어 올리며 싸울 의사가 없다는 사실도 분명히 알렸다.

"누구십니까?"

"제론 페로우라고 합니다. 전에 박 노사님과 함께 왔었죠."

"박 노사님의 일행이십니까?"

"예."

바리케이드가 열렸다.

군인들의 모습은 여전했다.

마스크를 쓰고 얼굴을 가렸으며 단검이나 소총 등으로 무장했다.

그중 둘은 석궁을 들어 변이체와 혹시 싸우게 될 경우를 대비했다.

'3단계 진화체는 이런 석궁으로는 타격을 입히기 힘들 텐데.'

제론이 가장 걱정하는 부분이었다.

무기가 전부 교체되지 않으면 조만간 연합은 무너진다.

군인들은 본부로 무전을 쳤고 10분 정도가 지나자 공 비서가 달려오는 것이 보였다.

그녀는 평소 구두를 신고 다니지만 밖으로 나올 때에는 운동화를 신는다.

검은 오피스 정장에 운동화를 신은 것이 조금 이상해 보이지만 괜히 소리가 퍼져 변이체를 자극하는 것보다는 훨씬 나은 선택이었다.

"어서 오세요! 기다리고 있었어요."

"늦어서 죄송합니다. 할 일이 있어서 말입니다."

"아니에요. 이렇게 잊지 않고 찾아 주셔서 제가 더 감사하죠."

"지금 바로 연합장님을 뵐 수 있을까요?"

"그럼요. 제가 안내할게요."

공 비서는 제론을 반갑게 맞이했다.

태극 연합 사람들도 현재 자신들이 가지고 있는 무기로는 한계가 있다는 사실을 분명하게 인지하고 있는 것이다.

군인들이 마스크를 쓰고 있는 이유도 그런 불안감을 감추기 위함인지도 모른다.

S마트 안은 여전히 북적거렸다.

인원이 늘어났기에 1층의 텐트도 상당히 많아졌다.

"놀랍군요. 여전히 이렇게 많은 사람들이 살아남아 있다니."

"서산 시내에 저희를 포함하여 대략 500명 정도가 있는 것으로 추산되니, 그리 많은 편은 아니에요. 요즘에는 생존자를 만나기도 힘들어졌어요."

"살기가 빡빡해졌죠."

공 비서는 제론의 말에 쓴웃음을 지었다.

이만하면 빡빡해진 수준이 아니라 실시간으로 위협을 받는 수준이었기 때문이다.

이 때문에 박 노인의 힘이 절실한 것이었고.

팅!

여전히 깔끔한 엘리베이터.

전기는 아직도 돌아가고 있는 모양이었다.

다만 여기까지 오는 동안 사람들의 얼굴을 보니 꽤나 수척해져 있었다.

물은 충분했지만 시간이 지날수록 외부에서 파밍하여 가져오는 물건들은 줄어들어 가고 있었다.

자급자족도 한계가 있었기에 파밍에 목숨을 걸어야 한다. 그러다 보면 오늘같이 죽는 사람들도 생겼다.

'유진 산업의 물건들이 모두 빠지고 나면 바로 이들에게 새로운 보금자리를 주어야겠어. 이러다가는 모두 죽겠는데.'

아직 대규모 침공은 일어나지 않았지만 머지않아 그리될 것처럼 보였다.

이들이 안전하게 버티는 것도 길어야 두 달 정도가 한계인 듯했다.

만약에 4세대 변이체라도 튀어나오는 날에는 모조리 사망이라고 봐도 과언이 아니었다.

제론은 공 비서와 이런저런 이야기를 나누며 지사장실에 도착했다.

이곳에는 이미 연락을 받은 연합장이 기다리고 있었다.

"어서 오십시오! 정말 반갑습니다."

"늦어서 죄송합니다."

"별말씀을 다 하십니다. 이렇게 살아 계신 것만 해도 다행이지요."

연합장의 말이 맞다.

지구에서는 하루에도 수많은 목숨이 죽어 나갔으니까.

제론은 거두절미하고 배낭에서 석궁들을 꺼냈다.

이번 거래를 위하여 박 노사가 특별하게 제작한 것으로 이 다섯 자루만 해도 연합에는 큰 도움이 될 터였다.

"3세대 변이체들을 상대할 수 있는 석궁입니다. 물론 실드가 한 번에 깨지는 것은 아니고 10발은 쏘아야 뚫리겠지만, 지금 사용하시는 석궁보다는 나을 겁니다."

"이를 말씀입니까! 가뜩이나 현존하는 무기로는 진화한

변이체를 상대하는 것에 어려움이 많았습니다."

연합장은 배달을 해 주어서 고맙다며 연신 고개를 숙였다.

이만하면 충분히 호의는 얻은 셈이었다.

고작 다섯 자루라고도 할 수 있었지만, 이런 세상에서 무기를 제작하는 것이 얼마나 어려운지 연합장은 잘 알고 있었다.

제론은 슬슬 이곳에 찾아온 목적을 밝혔다.

"대규모 식량을 매각하고 몇 가지 무기를 사 가려고 합니다."

"대규모…… 식량이요?"

연합장은 자세를 고쳐 잡았다.

지금 같은 시대에 대규모 식량을 구하기란 불가능에 가까웠다.

"1차로 300kg입니다."

"……!"

"2차로는 더 들여올 생각도 있습니다. 신의로 거래하신다면 저 역시 앞으로 연합을 자주 방문할 의사가 있습니다. 거래하시겠습니까?"

『멸망한 지구를 주웠다』 6권에서 계속